নিশিরাতের হাতছানি

নিশিরাতের ভয়ঙ্করেরা

সঞ্চারী ভট্টাচার্য

Made with ♥ on the Notion Press Platform
www.notionpress.com

এই বইটি আমি আমার অগণিত পাঠকদেরকে উৎসর্গ করলাম ।

বিষয়বস্তু

অনুক্রমণী

এই বইটিতে রয়েছে হাড়হিম করা কিছু ভৌতিক গল্প

ভূমিকা

বইটির মধ্যে তিনটি গল্প রয়েছে যেটি আপনার রাতের ঘুম উড়িয়ে দিতে পারে। বইটি সত্যিই রাতের বেলা বসে পড়বার ক্ষেত্রে উপযুক্ত নয় কিন্তু লেখিকা নিজের কলমের যাদুতে এই অসম্ভবকে সম্ভব করেছেন।

স্বীকার

আমি আমার ঠাকুরদা শ্রী কালিপদ ভট্টাচার্যের কৃতজ্ঞতা স্বীকার করতে চাই।

প্রস্তাবনা

বইটি যারা প্রস্তাবনা করেছেন তাঁদের কাছে আমি ঋণী হয়ে রইলাম। বিশ্বের সমস্ত পাঠক এই বইটি সংগ্রহ করুক সেটাই পরমেশ্বরের কাছে প্রার্থনা করব।

বইটি যারা প্রস্তাবনা করেছেন তাঁদের কাছে আমি ঋণী হয়ে রইলাম। বিশ্বের সমস্ত পাঠক এই বইটি সংগ্রহ করুক সেটাই পরমেশ্বরের কাছে প্রার্থনা করব।

1

বিততশর্বরী সঙ্কারী ভট্টাচার্য

বিততশর্বরী

জমিদার সূর্যনারায়ণ পূর্ণিমার চাদরে ঢাকা সেই অপূর্ব রজনী উপভোগ করতে করতে নির্লিপ্ত ঘুমের চাদরে লুটিয়ে পড়লেন। হঠাৎ মধ্যরাতে আলোড়ন তুলল সেই নূপুরের শব্দ।

"ছুন ছুন ছুন ছুন " – শব্দের মাদকতা যে কোন অবহেলিত মনকেও আকর্ষিত করতে পারে। এপাশ থেকে ওপাশ করতে লাগলেন জমিদার সূর্যনারায়ণ। এক অস্বস্তি। আবারও ঘুমের ব্যাঘাত ঘটাতে এসেছেন কেউ। বিগত কয়েক দিনের এই বিভীষিকা তার প্রতিটি সুন্দর রাতকে

একে একে নিজের হাতে দলিত করে চলেছে । ঘুমের ঘোরে দেখা কোন স্বপ্ন নাকি সেই স্বপ্নের সাথে জড়িয়ে থাকা কোন রহস্যময় বাস্তব? কোনটা সত্যি ? হুড়মুড় করে উঠে বসে পড়লেন সূর্যনারায়ণ । মাথায় বিন্দু বিন্দু ঘাম জড়ো হয়েছে । বারান্দার দিকে তাকাতেই দেখলেন পর্দাগুলি হাওয়ায় উড়ছে । খোলা বারান্দার একদিকটা আবছা অন্ধকারে ঢেকে রয়েছে । নূপুরের শব্দটা সেই অন্ধকারকে যেন নিজের শরীরের সাথেই জড়িয়ে নিয়েছে । একপ্রান্ত থেকে অন্যপ্রান্তের দিকে এগিয়ে চলেছেন সেই লাস্যময়ি । উড়ন্ত পর্দাগুলির মাঝের অংশ দিয়ে মাঝে মাঝে সেই অবয়ব স্পষ্ট হয়ে পুনরায় মিলিয়ে যাচ্ছে । রাতের কোলে সেই অপরূপ নূপুরের ধ্বনি সৌন্দর্যের পাশাপাশি নতুন করে ভয়ের উদ্রেক করছে । সূর্যনারায়ণ সেই রমণীকে এর আগেও দেখেছেন । ঐ বারান্দাতেই ঘুরতে দেখেছেন । সেই ছুনছুন শব্দের তালে তালে তাকে মিলিয়ে যেতে দেখেছেন । হারিয়ে গেলেও তার রেশ থেকেই গেছে । কিন্তু কে তিনি ? কোনদিনই বারান্দার দিকে উঠে যাওয়ার সাহস হয়নি । সেদিনও তিনি চোখের সামনে সেই বিভীষিকাকেই সত্যি হতে দেখছিলেন । তবে সেদিন উঠে যাওয়ার সাহসটা দেখিয়েই ফেললেন সূর্যনারায়ণ ।

জমির উপরে পা টা রাখতেই নূপুরের ধ্বনি আরও প্রখর হয়ে উঠল । মনে হল বারান্দার শেষ মাথার দিকে গায়েব না হয়ে সেটি ক্রমে তার দিকেই এগিয়ে আসছে । আরও কাছে , আরও অনেক কাছে । সূর্যনারায়ণ কাউকেই দেখতে পেলেন না । পর্দাগুলি হাওয়ায় উড়তে উড়তে হঠাৎ স্তব্ধ হয়ে গেলো । অবিচল শান্তি বিরাজ করতে শুরু করল গোটা ঘরটিতে । সূর্যনারায়ণের কপালের ডান দিক থেকে ঘামের স্রোত গড়িয়ে মাটিয়ে পড়তেই আবার সেই শব্দ শুনতে পেলেন তিনি । তখন যে সেই শব্দটি তার খুব কাছে এসে দাঁড়িয়েছিল সেটি বুঝতে অসুবিধা হলনা তার ।শব্দটি তাকে প্রদক্ষিণ করতে লাগল । আবার থেমে গেলো । সূর্যনারায়ণ ভয়ে ঠকঠক করে কাঁপতে শুরু করলেন । এরপর কেউ তার কানের খুব কাছে এসে বললেন ,

" আমি শর্বরী , হারিয়ে যাওয়া সেই ইতিহাস , যা কেউ জানেনা , জানতেও চায়না । তুমি নিশ্চয়ই আমাকে মুক্ত করবে ? করবে তো ? কেউ করেনি , কেউ করেওনা । তবে আমি জানি তুমি ঠিক করবে ! বলো ? করবে তো ?"

হাত পা অচল হয়ে যেতে লাগল সূর্যনারায়ণের । মায়াবিনী কণ্ঠস্বর অথচ কেউ নেই । নূপুরের শব্দ তখনও তখনও বহমান । ফিসফিস করে কথাগুলি ঘরের একপ্রান্ত থেকে অন্যপ্রান্তের দিকে ছড়িয়ে পড়তে লাগল । প্রতিটি কোণায় এমনকি দেওয়ালের অলিন্দেও লুকিয়ে পড়তে লাগল সেই শব্দগুলি । এক সুমধুর কণ্ঠস্বর । এক চেতনা , যা হয়ত প্রাচীন ইতিহাসের পাতায় আভিজাত্যের চাদরে নিজেকে লুকিয়ে রেখেছিল । আজ সে প্রকট হতে চাইছে । আওয়াজটি কিছুক্ষণ একইভাবে প্রদক্ষিণ করবার পর মিলিয়ে যেতেই মাটিতে বসে পড়লেন সূর্যনারায়ণ । গোটা জায়গাটি হাতড়াতে লাগলেন । কিন্তু কোথাও কারুর হদিস পেলেন না ।

"কেন ? কেন এমন করছ ? কে তুমি ? আমার পিতাকে নিয়েছ , আমার স্ত্রীকেও । এখন পড়ে আছি শুধু আমি আর আমার বৃদ্ধা মা । আমাদেরকেও শেষ করে দাও তবে ! " – কথাগুলি বলতে বলতে কাঁদতে থাকলেন সূর্যনারায়ণ । নিস্তব্ধতা ভেদ করে সেই কান্নার আওয়াজ সেদিন রাতে গোটা মহলে ছড়িয়ে পড়েছিল ।

সূর্যনারায়ণের ঘুম ভাঙতেই তিনি দেখলেন খাটে শুয়ে রয়েছেন । পাশে বসে রয়েছে কমলাদেবী ।

"একি মা , তুমি আবার কষ্ট করে এখানে ..."

কমলা দেবী সূর্যনারায়ণের কপালে হাত রেখে বললেন , " তোর উপর দিয়ে যে ঝড় বয়ে চলেছে , সে বিষয়ে আমি ওয়াকিবহল । কিন্তু এর প্রতিকারের যে কোন উপায় জানা নেই ! এই অভিশাপের সূত্রধর ছিলেন তোর পিতাই । আমি সেদিন বারবার করে বারণ করেছিলাম শর্বরীকে জমিদার বাড়িতে না আনতে । কিন্তু উনি , কিছুতেই আমার কথা শুনলেন না । অমান্য করার শাস্তি আজ পরবর্তী প্রজন্মকে ভুগতে হচ্ছে , না জানি এমন আরও আগামী কত প্রজন্মের উপরে এই অভিশাপ একইভাবে নিজের প্রভাব বিস্তার করবে ?"

সহসা সেই মুহূর্তেই পরনে সাদা ধুতি ও গলায় পৈতেধারী এক ব্রামহন সামনে এসে দাঁড়ালেন ।

"গিন্নী মা আসতে পারি ?"

কমলা দেবী একটু অবহেলিত দৃষ্টি নিয়েই সেদিকে তাকালেন , " আরে মুকুন্দ বাবু ! আসুন আসুন , ভালোই করেছেন এসে । যদিও আজকে সূর্যের শরীরটা একেবারেই ভালো নেই । কিন্তু আপনিও তো এরপর শহরের বাইরে যাবেন । কাজেই কথাবার্তা সেরে ফেলাই ভালো ।"

সূর্যনারায়ণ উঠে বসলেন ।

"আহা , তুই আবার উঠছিস কেন ?"

সূর্যনারায়ণ কমলাদেবীকে উদ্দেশ্য করে জিজ্ঞাসা করলেন , " মা , তুমি মুকুন্দবাবুকে হঠাৎ ডেকে পাঠিয়েছ কেন ?"

"মুকুন্দ আমাদের অনেকদিনের বিশ্বস্ত ঘটক । তোর পিতাও ওনাকে খুবই স্নেহ করতেন । মুকুন্দের নজর প্রশংসা করার মত !"

"তা হঠাৎ ওনার প্রয়োজন পড়ল কেন ?"

কমলা দেবী বললেন , " প্রয়োজন আছে বৈকি ! প্রায় দুবছর হল তুমি বিপত্নীক । আমি জানি ব্যবসার কাজ আর জমিদারী সামলাতেই তুমি এই দুবছর ব্যস্ত থেকেছ ! কিন্তু এটাই জীবন নয় সূর্য । আমার কথা নয় নাই শুনলে কিন্তু নিজের ভবিষ্যতের দিকটা তো তোমার চিন্তা করে দেখাই উচিৎ ! আজ বাদে কাল যদি আমার কিছু হয়ে যায় তাহলে এই গোটা বাড়িতে তোমাকে নিরম্ব একলা জীবন কাটাতে হবে । সেটা কি খুবই সহজ বলে তোমার মনে হয় ?"

"এটা এতটাও সহজ নয় মা । আমি রত্নাকে আজও ভুলতে পারিনি । আমি তাকে ভালোবেসে আপন করেছিলাম । আর কারুর প্রতি দুর্বল হওয়ার স্পর্ধাটুকুও দেখাতে চাইনা । আর তারপরে এই অভিশাপ । তুমি আমাকে যতবারই এর থেকে বাঁচানোর চেষ্টা করোনা কেন , এর কোন নিস্পত্তি হবেনা । যার আত্মা এই গোটা মহলে ঘুরে বেড়ায় , তার অতীত আমাদের সকলের অজানা । যতদিন না পর্যন্ত তার আত্মার শান্তি ঘটছে ততদিন পর্যন্ত সে শান্ত হবে না । একে একে আমাদের সকলকেই শেষ করে দেবে । তোমরা কি তার এই অতীতের কথা কেউই জাননা ? এতবার করে জিজ্ঞাসা করা সত্তেও তুমি কোনদিন আমাকে কিছুই বলতে চাও না ?"

কমলা দেবী সূর্যনারায়ণের মুখে কথাগুলি শোনামাত্রই উঠে দাঁড়ালেন ।

"আমি নিজেই কিছু জানিনা , তোকে বলব কিভাবে ? তোর পিতা এমন একাধিক মেয়ের সাথে মিশতেন । নিজের স্বামীর নাম আমার নিজেরই মুখে আনতে আজও ঘৃণা বোধ হয় । তার কাছে আমার কোনদিনই কোন অস্তিত্ব ছিলনা । তিনি কি করে বেড়াতেন সেই খবর অন্তত আমার কাছে ছিলনা । যার আত্মার কথা তুমি বলছ তাকে আমি কোনদিনই দেখতে পাইনি । শুধু তুমিই তাকে দেখতে পাও । তোমার স্থির বিশ্বাস তার সাথে নাকি এই পরিবারের কোন যোগসূত্র রয়েছে । আমি সত্যিই জানিনা তুমি কি দেখতে পাও , কেন সে তোমাকে দেখা দেন ! কোই আমরা কেউ তো

কোনদিন তাকে দেখতে পাইনি ?"

সূর্যনারায়ণও উত্তেজিত হয়ে বললেন , " তাহলে আমার পিতা আর রত্নার মৃত্যুটাও কি তোমার স্বাভাবিক বলে মনে হয়েছিল ? এতটাই সহজ সবকিছু ?"

"মৃত্যু কোনদিন সহজ হয়না । তাকে সহজভাবে মেনে নেওয়াও যায়না । তোর পিতার মৃত্যর সাথে সাথে আমারও নিজেকে শেষ করে ফেলতে ইচ্ছে হয়েছিল । কিন্তু পারিনি । কারণ তোকে দেখার কেউ থাকতো না । আমি তোর পিতার মত এতটা নিষ্ঠুর হতে পারিনি । তাই এতকাল এই বোঝা বয়ে বেড়াতে হচ্ছে । এবার আমি আর কোন কথা শুনবনা । মুকুন্দ বাবু খুব ভালো একটা সম্বন্ধ নিয়ে এসেছেন । তোমাকে বিবাহ করতেই হবে । আমি এবার সব দায়িত্ব তোমার উপরে দিয়ে নিশ্চিন্তে মরতে চাই । তোমার দুশ্চিন্তা আমাকে কুড়ে কুড়ে খায় । " –

আবেগ জড়ানো কন্ঠে কথাগুলি বলে ঘর থেকে বেরিয়ে গেলেন কমলা দেবী । নিজেকে প্রতিবারের মত এবারেও অপরাধী হিসাবেই খুঁজে পেলেন সূর্যনারায়ণ । কিন্তু সেই এক প্রশ্নচিহ্ন নিয়েই স্তব্ধচিত্তে স্থির হয়ে রইলেন । হঠাৎ তার নজর পড়ল মুকুন্দবাবুর দিকে । মুকুন্দবাবুকে ইতস্তত অবস্থায় দেখে সূর্যনারায়ণের সন্দেহ আরও তীক্ষ্ণ হয়ে উঠল ।

"আপনি ওভাবে ঘামছেন কেন ? আমি তো আপনাকে উদ্দেশ্য করে কিছু বলিনি ? আমি তো আমার মায়ের সাথে কথা বলছিলাম । এরকম মনোমালিন্য আগেও হয়েছে । যতবার উনি আমার বিয়ের ব্যবস্থা করার চেষ্টা করেছেন ততবারই এই সমস্যা হয়েছে । এ আর নতুন কি । কারণ রত্নাকে ভুলতে পারা আমার পক্ষে সম্ভব নয় । কিন্তু আপনাকে এতটা অস্থির দেখাচ্ছে কেন ? আপনি কি তবে এই অতীতের বিষয়ে কিছু জানেন ? বলুন না কিছু জানেন ? আমি যে যন্ত্রণা ভোগ করছি সে যন্ত্রণা একপ্রকার অসহনীয় । রোজ এক অশরীরীর কন্ঠস্বর আমার কানে আসে । তার নূপুরের ঝঙ্কার , তার ফিসফিসানি । এই সবকিছু আমার কাছে অসহনীয় । কিন্তু কোন সুরাহা মেলেনা । "

সূর্যনারায়ণ স্পষ্ট লক্ষ্য করলেন মুকুন্দবাবু অবর্ণনীয় চিন্তায় ডুবে গেছেন । অন্য কোন কথা তাকে বিব্রত করেই চলেছে । সূর্যনারায়ণ তার দিকে এগিয়ে যেতেই তিনি এড়িয়ে গিয়ে বললেন ,

"গিন্নী মায়ের সাথে আমার কিছু কথা ছিল । আমি বরং আজকে আসি জমিদারবাবু । বাকি কথা গিন্নী মায়ের সাথেই বলে নেবো । আপনি এসব ব্যপারে কিছু চিন্তা করবেন না । গিন্নী মা ঠিকই বলেছেন । এসবই আসলে আপনার মনের ভুল । আপনি রত্না দেবীকে আজও ভুলতে পারেননি । তাই তার স্মৃতি আপনাকে তাড়া করে বেড়ায় । আপনি নিজের খেয়াল রাখুন । আসতে আসতে দেখবেন সবকিছু স্বাভাবিক হয়ে যাবে । তবে গিন্নী মায়ের দিকটাও একটু চিন্তা করবেন । এই পরিবারে আপনি ছাড়া তার আর কেউ নেই । উত্তরাধিকারী হিসাবেও আপনার এই পরিবারের প্রতি কিছু কর্তব্য থেকেই যায় । সেগুলিও যদি একটু ভাবেন তাহলে দেখবেন নিজেকে এতটা কষ্ট দিতে ইচ্ছে করবে না ।"

কথাগুলি ঝড়ের গতিতে বলেই ঘর ত্যাগ করলেন মুকুন্দ । সূর্য নারায়ণের কপালের ভাঁজ আরও স্পষ্ট হল । তিনি কিছুতেই গোটা ব্যপারটা বিশ্বাস করতে পারছিলেন না । এগুলো যে কেবল তার মনের ভুল ছিলনা সে বিষয়ে তিনি নিশ্চিত হয়ে যেতে পেরেছিলেন ।

এই ঘটনার পরেই সূর্যনারায়ণকে জমিদারীর কাজ সামলাতে সুরাতগড়ে যেতে হল । মায়ের পা ছুঁয়ে আশীর্বাদ নিয়েই তিনি বেরিয়ে পড়লেন । কমলা দেবী নিরুপায় হলেও সূর্যকে বাঁধা দিতে পারলেন না । কিন্তু এরপর থেকেই তিনি অসুস্থ হয়ে পড়লেন । জমিদারীর চিন্তা ও পরবর্তী সময়ে

এই গোটা অঞ্চলের দায়িত্বভার একা সূর্যনারায়ণ সামলাতে পারবেন কিনা , এই বিষয়টি ভাবতে ভাবতেই তিনি অসুস্থ হয়ে পড়লেন । মায়ের অসুস্থতার খবর পেয়েই পুনরায় সাশানবাটিতে ফিরে এলেন সূর্য নারায়ণ । এসে দেখলেন কমলা দেবী শয্যাশায়ী । চলার ক্ষমতাটুকুও তিনি প্রায় হারিয়ে ফেলেছিলেন । নিজের প্রভাবাধীন পরিসরে থাকা অন্যান্য কর্মচারীদের কাছেও তিনি কিছুই জানাতে চাননি । একমাত্র সূর্য নারায়ণকেই কিছু কথা বলতে চেয়েছিলেন তিনি । অন্তিম বারের মত সূর্য নারায়ণকে দেখবার অনুরোধ সকলের মনকেই ভারাক্রান্ত করে তুলেছিল ।

সূর্য নারায়ণ সবকিছু ভুলে মায়ের কাছে ফিরে এলেন ।

কমলা দেবী তাকে বুকে জড়িয়ে ধরলেন । তারপর বললেন ,

"আমার শরীরের অবস্থা খুবই খারাপ । ক্রমাগত অবনতি আমাকে মৃত্যুর দিকে ঠেলে নিয়ে যাচ্ছে । আমি হয়ত আর বেশীদিন ... একটা কথা রাখবি সূর্য ?"

"হ্যাঁ মা , বলো , আমি যদি জানতাম আমার একটা না তোমাকে এভাবে আমার থেকে দূরে করে দেবে তাহলে আমি কোনদিনও শুধু নিজেরটা চিন্তা করতাম না । আমাকে ক্ষমা করে দাও মা , দয়া করে আমাকে ক্ষমা করে দাও ! "

কমলা দেবী জোরে জোরে নিঃশ্বাস নিতে থাকলেন । মুকুন্দ বাবুও সেদিন উপস্থিত ছিলেন । তার দিকে হাত বাড়িয়েই তিনি কিছু একটা বলতে যাচ্ছিলেন কিন্তু তার আগেই প্রানবায়ু বেরিয়ে গেলো ।

সূর্যনারায়ণ মা বলে চিৎকার করে উঠলেন । কিন্তু তখন অনেকটাই দেরী হয়ে গেছিল । মুকুন্দ বাবু এগিয়ে এসে সূর্য নারায়ণের সামনে একটি দলিল ও একটি চিঠি এগিয়ে দিয়ে বললেন ,

"গিন্নী মা সবকিছু আপনার নামেই করে দিয়ে গেছেন । নায়েব মশাই অসুস্থ থাকায় উনি এখানে আসতে পারেননি । আজকে সকালেই আমি একটা বিশেষ কাজে গিন্নী মায়ের সাথে দেখা করতে এসেছিলাম । উনি আমাকে দিয়ে এই চিঠিখানা লিখিয়েছেন । উনি হয়ত জানতেন আপনি আসার আগেই ...তাই নিজের সবকথা উনি এই চিঠির মাধ্যমে লিখে গেছেন । "

মুকুন্দ বাবুর কথা শেষ হতেই সূর্য নারায়ণ তার হাত থেকে চিঠিখানা একপ্রকার ছিনিয়ে নিয়ে পড়তে শুরু করলেন ।

"তোমার পিতার ঘরে একটি ভাঙা সিন্দুক সযত্নে রাখা রয়েছে । সেই সিন্দুকের মধ্যে থাকা জিনিসগুলি এখনও হয়ত সেভাবেই তরতাজা রয়েছে । সেটি তোমার পিতার নয় । শর্বরীর । শর্বরীর ইতিহাস আমার জানা নেই তবে তোমার পিতা মৃত্যুর শেষ দিন পর্যন্ত ঐ জিনিসগুলি নিজের কাছে সযত্নে রেখে দিয়েছিলেন । ওনার মৃত্যুর পরে আমি সেই ঘর বন্ধ করে দিয়েছিলাম । এরপরে আর সেগুলি খোলা হয়নি । তোমার মত আমিও সেই আত্মার নূপুরের শব্দ পেতাম কিন্তু এতদিন কিছু জানায়নি । এইগুলি তোমার মনের ভুল ছিলনা । মৃত্যুর আগে আমার এটাই অনুরোধ রইল , ঐ জিনিসগুলি জ্বালিয়ে দিও । ঐ জিনিসগুলির জন্যই তার আত্মা এই পরিবারের সাথেও জড়িয়ে রয়েছে । যতদিন পর্যন্ত ঐ জিনিসগুলি ওখানে থাকবে সেও থাকবে । আর এভাবেই সেই অভিশাপের ঘের একে একে আমাদেরকে গ্রাস করতে থাকবে । আর এই সেই দলিল যাতে আমি সাক্ষর করে দিয়েছি । তোমার পিতার মৃত্যুর পর থেকে এই সবকিছুই আমিই সামলাতাম । তোমার বাবা সবকিছু বাইরের একটা মেয়েকে দিয়ে যেতে চেয়েছিলেন । এই শর্বরীকে আমি কোনদিনও এই বাড়িতে আনার অনুমতি দিতে চাইনি । কিন্তু উনি মেয়েটিকে এত ভালোবাসা সত্তেও এই পরিবারে নিয়ে আসেননি । ওনাকে যতবার জিজ্ঞাসা করার চেষ্টা করেছিলাম , উনি

এড়িয়ে গেছিলেন। আমাকে ভালোবাসার অজুহাত দিয়ে গোটা বিষয়টিকে লুকিয়ে যাওয়ার চেষ্টা করেছিলেন। আমি বুঝতে পেরেও চুপ করেই থাকতাম। তবে রোজ রাতে উনি ঐ ঘোরানো বারান্দার সামনে পাইচারি করতেন। জানিনা কার সাথে একা একা কথা বলতেন। দিনের পর দিন এভাবে চলতে থাকবার পর ওনার শরীর ক্রমে শুকিয়ে যেতে শুরু করেছিল। চোখের সামনে অদ্ভুত অদ্ভুত জিনিস দেখতে পেতেন। এই একইরকমের শব্দ তার কানেও যেত। কিন্তু আমরা সেদিনও কিছুই টের পাইনি। তবে কারুর নুপুর পরে চলার শব্দ তোমার পিতার মৃত্যুর পরে আমিও বেশ কয়েকবার শুনতে পেয়েছিলাম। তবে মনের ভুল ভেবে চিরকালই বিষয়টিকে এড়িয়ে গেছি। তোমার মুখে ঐ একই কথা শুনতে পেয়ে আমি চমকে গেছিলাম। জানিনা এর নেপথ্যে কি আছে? তবে এটুকু বলে যেতে চাই, আমার এই মৃত্যু কোন সাধারণ মৃত্যু নয়। তুমি চলে যাওয়ার পরে আমি তোমার ঘরে গেছিলাম। সেখানে গতকাল রাতে আমি কাউকে গান গাইতে শুনেছিলাম। তার সাথে সাথেই ঐ নূপুরের শব্দটি গোটা যাওয়াটি জুড়ে নদীর প্রবাহমান ধারার মতই একস্থান থেকে অন্যস্থানে ছড়িয়ে যাচ্ছিল। আমি সেটি দেখতে উদ্যত হতেই পিছন দিক থেকে আমার কাঁধের উপরে কেউ কোন ভারি বস্তুর সাহায্যে আঘাত করে। তারপর থেকেই আমি উঠে দাঁড়ানোর ক্ষমতা হারিয়ে ফেলি। তুমি না থাকা কালীন এই সবকিছু ঘটতে থাকে। কোন এক অদৃশ্য শক্তি আমাকে শ্বাসরোধ করেও মারবার চেষ্টা করেছিল। রোজ রাতেই কিছু না কিছু হতেই থাকত। আমার মৃত্যুর জন্যেও হয়ত সেইই দায়ী। কিন্তু কে তিনি, কেন এগুলো করছেন এ সত্য হয়ত আমারও জানা হলনা। আমার হাতে সময় খুব কম সূর্য। তুমিই পারো এর একটি বিহিত করতে। মুকুন্দবাবু তোমার জন্য যাকে নির্বাচিত করেছেন পারলে তাঁকেই বিবাহ করো। এটাই আমর অন্তিম ইচ্ছে। আমার মৃত্যুশোক যেন কোনভাবেই তোমার জীবনকে স্পর্শ করতে না পারে। অনেক আশীর্বাদ রইল। "

চিঠিটি পড়া শেষ করেই সেটিকে দুহাতের মুঠির মধ্যে শক্ত করে ধরে চিৎকার করে উঠলেন সূর্য নারায়ণ। তিনি জানতেন তিনি কি হারিয়েছেন। একের পর এক প্রিয়জনের বলি দিতে হচ্ছিল তাকে। সবকিছু চোখের সামনে থেকেও এই রহস্যকে ভেদ করবার কোন সদুপায় ছিলনা। সামনের দিকে তাকাতেই দেখলেন মুকুন্দবাবু ঘর থেকে বেরিয়ে গেছেন। বিষয়টা বেশ কিছুটা সন্দেহজনক লাগলেও মৃত মায়ের পায়ের কাছে বসে গোটা বিষয়টা ভাবতে লাগলেন সূর্যনারায়ণ। ধীরে ধীরে জমিদার ভিটের বাকি কর্মচারীরা এগিয়ে এলেন। লাঠিয়াল শ্রীধর বললেন,

"বাবু মায়ের অন্তিম ক্রিয়ার কাজ করতে হবে। আমাদেরকে এবার মাকে নিয়ে যেতে হবে যে।"

"শ্রীধর কাকা, সবকিছু বদলে যাচ্ছে জানো? মনে হচ্ছে কোন সত্যি আমার খুব কাছে থেকেও নিজেকে আড়াল করে রেখেছে। সেই ছোটবেলা থেকেই মাকে কষ্ট পেতে দেখেছি। আমার জন্মের পর পরই পিতা মারা গেছিলেন। কিন্তু তারপর থেকে মাকে একদিনের জন্যেও ভালো থাকতে দেখিনি। মায়ের চোখে ঐ লোকটির প্রতি তীব্র ঘৃণা ছাড়া আর কিছুই দেখতে পাইনি। যখনই দেখতাম খুব কষ্ট পেতাম। কিছুতেই মাকে সামলে রাখতে পারিনি। আজকে মা আর নেই। তার শেষ ইচ্ছেটা পালন করতেও পারলাম না। ভেবেছিলাম আমাকে বিয়ে দিয়ে মা হয়ত নিশ্চিন্ত হবেন। সেদিনকে মুখের উপরে না বলে দপ্তরের কাজে বাইরে চলে গেছিলাম। কিন্তু ফিরে এসেই মায়ের এই অবস্থা দেখলাম। তবে এই চিঠিটির মধ্যে মা যে কথাগুলি বলে গেছেন সেগুলিকে মিথ্যা প্রমাণিত করার সাধ্যি আমার নেই। এক বিতর্কিত ইতিহাসের কথা বলে গেছেন। সেই ইতিহাস

পিতার ঘরে রাখা ঐ সিন্দুকের মধ্যেই সঞ্চিত হয়ে রয়েছে । এতকাল ধরে সেখায় ধুলো জমেছে ! আজকে যা জানতে পারলাম তা কিছুদিন আগে জানতে পারলে হয়ত এভাবে মাকে শেষ হয়ে যেতে দিতাম না । আজকেও সেই অসহায়ের মত মায়ের পা দুটি ধরে চোখের জল ফেলতে হচ্ছে । তোমরা তো পিতার আমল থেকেই এখানে রয়েছ । তোমরাও কি কিছু জানোনা ? "

শ্রীধর ধীরগতিতে সূর্যনারায়ণের দিকে এগিয়ে এলেন । তারপর আসতে আসতে কয়েকটা কথা বলে তাকে আশ্বস্ত করতে চাইলেন ,

"আপনার পিতার আমল থেকেই এই মুকুন্দ নামক লোকটির প্রতি আমাদের সকলেরই সন্দেহ ছিল । আজ পর্যন্ত আপনাদের বাড়িতে যে কটি অঘটন ঘটেছে তার সবগুলিতেই এই লোকটিকে মধ্যস্থতা করতে দেখা গেছে । যদি আপনার সন্দেহের দৃষ্টি রাখতেই হয় তবে এই লোকটির উপরেই রাখুন । আমরা হলাম গিয়ে বাইরের লোক । কোনদিনই জমিদার বাড়ির অন্দরমহলের কথা তেমন জানতে পারি নি । তবে আমাদের গোষ্ঠীর কেউই এই লোকটিকে সহ্য করতে পারতেন না । আজও পারেন না । নেহাত গিন্নী মা ওনাকে খুব কাছের মানুষ মনে করতেন তাই আমরা কেউই তেমন মুখ খুলিনি । তবে আমার বিশ্বাস জানলে এই লোকটাই অনেককিছু যানে । সেইই আপনাকে বলতে পারবে । এখন চলুন , গিন্নী মার শেষকৃত্য সম্পন্ন করতে হবে । আপনার হাতের আগুন পেয়েই তিনি সজ্ঞে যাবেন । "

কথাগুলি শেষ করে শ্রীধর জমিদার গিন্নীর পা ছুঁয়ে প্রণাম করলেন । চোখের জল ফেললেন । মা , মা বলে বেশ কিছুক্ষণ কাঁদলেন । ওদের সকলকে দেখে সূর্যনারায়ণও নিজের আবেগ লুকিয়ে রাখতে পারলেন না । আরও কিছু লাঠিয়াল একে একে এগিয়ে এসে গিন্নী মায়ের শরীরটা নিজের কাঁধে তুলে নিলেন তারপর সকলেই শ্মশানের দিকে এগিয়ে যেতে লাগলেন । শেষকৃত্য সম্পন্ন হয়ে গেলো । ফেরার পথে সূর্যনারায়ণের নজরে পড়ল এমন কিছু যা দেখামাত্রই তিনি চমকে উঠলেন ।

শ্মশান ঘাটের পাশ দিয়েই রেবতী নদী বয়ে গেছিল । সেই নদীর ঘাটে একাধিক সাধুর জমায়েত লক্ষ্য করা যেত । তার পিতা অর্থাৎ ঈশ্বর কেশবনারায়ণের আমলে এই জায়গাটি একটি পবিত্র ভূমি হিসাবে আত্মপ্রকাশ করেছিল । হৃষীকেশ থেকে আগত সাধুদের জন্য তিনি এই ঘাটতিকে বাঁধিয়ে দিয়েছিলেন । এছাড়াও জমিদার পরিবারের পূর্বপুরুষদের শেষকৃত্য এই শ্মশানেই সম্পন্ন হত । এরপর তাঁদের অস্থি এই রেবতী নদীতেই ভাসিয়ে দেওয়া হত ।

সূর্যনারায়ণ সহসা কিছু দেখে থমকে গেলেন । তখন সন্ধ্যে নেমে এসেছিল । নদীর ঘাটের কাছে কুণ্ডলী পাকানো ধোঁয়া দেখতে পেলেন তিনি । আরেকটু কাছে এগিয়ে যেতেই কারুর হাতে বেশ কিছু জিনিস দেখতে পেলেন । তিনি ঐ জিনিসগুলিকে পুড়িয়ে ফেলার চেষ্টা করছিলেন । একবার পিছনের দিকে তাকাতেই ঐ অন্ধকারের মধ্যেও লোকটিকে চিনতে অসুবিধা হলনা সূর্য নারায়ণের । তিনি দেখলেন লোকটি আর কেউ নয় ,মুকুন্দ বাবু । সেটি দেখলেও নিজেকে সামলে নিলেন তিনি । লাঠিয়ালরা যাতে গোটা বিষয়টার সাথে অবগত হতে না পারে সেটি মাথায় আসতেই তিনি সজাগ হয়ে গেলেন ।

শ্রীধরের দিকে এগিয়ে গিয়ে বললেন , " আমি একটু বাদে বাড়িতে ফিরব । মনটা ভালো লাগছে না । এছাড়াও বাড়ির বাইরে একেবারেই বেরনো হয়না । মায়ের চলে যাওয়ার কষ্টটাও কারুর সাথেই ভাগ করে নিতে পারবোনা । তাই কিছুক্ষণ একা এই নদীর ঘাটেই জিরিয়ে নিতে চাই । যদি একটু স্বাভাবিক হতে পারি !"

শ্রীধরের কাছে জমিদার সূর্য নারায়ণের কথাগুলি খুব একটা অস্বাভাবিক লাগল না। তিনি এগিয়ে যেতেই সূর্য নারায়ণ নদীর ঘাটের দিকে এগিয়ে গেলেন। মুকুন্দবাবুকে কাছ থেকে দেখার চেষ্টা করতেই তিনি আবারও চমকে উঠলেন। তার হাতে ছিল একটি পুরাতন সিন্দুক। সেই সিন্দুকের মধ্যেকার জিনিসগুলিকে তিনি নিজের হাতে পুড়িয়ে ফেলার চেষ্টা করছিলেন। তার মধ্যে একটি লাল রঙের বেনারসি সহ কিছু চিঠিপত্র এমনকি আরও কিছু দ্রব্য ছিল। আধপোড়া অবস্থায় সেগুলি চোখে পড়লেও একজন মেয়েরই যে সরঞ্জাম সেগুলি এটি বোঝার অপেক্ষা রইল না সূর্য নারায়ণের। তিনি হতবম্বের মত সেদিকে এগিয়ে গিয়ে মুকুন্দ বাবুর হাতটা শক্ত করে চেপে ধরতেই তার হাত থেকে জিনিসগুলি মাটিতে পড়ে গেলো।

মুকুন্দ বাবুকে ঐ অবস্থায় দেখতেই সূর্য নারায়ণের সন্দেহটা বহুগুণ বেড়ে গেলো।

"আপনি এখানে কি করছেন? আমার মায়ের শেষকৃত্যের সময়েও আপনাকে শ্মশানে কোথাও দেখতে পেলাম না। শোবার নজর এড়িয়ে আপনি এখানে এসে একা একা লুকিয়ে এগুলো কি করছেন? আর তাছাড়া আপনার হাতেই বা এটা কি? এটা কি আমার পিতার ঘরে থাকা সিন্দুক? আমার ধৈর্যের পরীক্ষা নেবেন না মুকুন্দ বাবু? সত্যি করে বলুন এটা কি আমার পিতার ঘর থেকে পেয়েছেন আপনি?"

মুকুন্দ বাবু কোনরকমে সূর্য নারায়ণের হাতটি ছাড়িয়েই দৌড়তে শুরু করলেন। নদীর পথ দিয়ে দৌড়তে থাকলেন তিনি। সূর্য নারায়ণকে উত্তেজিত অবস্থায় দেখে বেশ কিছু লাঠিয়ালও সেদিকে এগিয়ে গেলেন। শ্রীধর এসে জিজ্ঞাসা করতেই সূর্য নারায়ণ সেই পুড়ে যাওয়া সিন্দুকটি তাঁদের সনাক্ত করতে এগিয়ে দিলেন। শ্রীধর সেটি দেখামাত্রই বললেন,

"একি? এটা তো জমিদার কেশবনারায়ণের সিন্দুক। যে বিষয়টা নিয়ে গিন্নী মা সবসময়েই চিন্তা করতেন। সেটা এই লোকটির হাতে এলো কিভাবে? তাকে এতো স্পর্ধা কে দিল? তিনি কার অনুমতি নিয়ে ঐ ঘরে ঢুকেছিলেন? ঐ লোকটিকে আজকে কেউ বাঁচাতে পারবেনা। ওকে জবাব দিতেই হবে। কোনদিকে গেছে সে জমিদারবাবু?"

সূর্য নারায়ণ সামনের দিকে হাত দেখাতেই লাঠিয়ালেরা সেদিকে দৌড়তে শুরু করলেন। তারস্বরে মশাল হাতে নদীর ঘাট বেয়ে এগিয়ে চললেন তারা। মুকুন্দও সজোরে পা চালাতে লাগলেন। জমিদার সূর্য নারায়ণও নিজের গতি বাড়ালেন। কিন্তু একটা সময় মুকুন্দ তাঁদের হাতে ধরা দিতে বাধ্য হলেন। লাঠিয়ালদের গতির সাথে পেরে উঠতে না পেরে করজোড়ে তাঁদের সামনে প্রাণ ভিক্ষা চাইতে লাগলেন।

সূর্য নারায়ণ সমক্ষে এগিয়ে এসে জিজ্ঞাসা করলেন, " আপনি বহুদিন ধরেই এই পরিবারে রয়েছেন। যখনই আপনার সাথে সাক্ষাতের সুযোগ হয়েছে তখনই দেখেছি আপনাকে আমার থেকে সরে সরে থাকতে। কোনদিনই আপনি আমার সমক্ষে পূর্বের কোন কথাই জানাতে চাননি। আর আজকে যখন আমার মা সেই সিন্দুকের কথা উল্লেখ করেছিলেন সেটির বিষয়েও আপনি জানতেন। আমাদের শোবার অলক্ষ্যে এই কাজটি করে ফেলতে চাইছিলেন। হয়ত আমরা সেই শেষ সম্বলগুলিকেও আর কোনভাবেই উদ্ধার করতে পারবোনা। কিন্তু আপনাকে আজকে জবাব দিতেই হবে। ঐ সিন্দুকের সাথে কোন রহস্য জড়িয়ে ছিল? কেন আপনি সেটির অস্তিত্ব নষ্ট করে ফেলতে চেয়েছিলেন? বলুন কি আছে ঐ সিন্দুকে? ঐ সিন্দুক কার? আর আমার পিতার সাথে সেটির সম্পর্কটাই বা কি? "

সূর্য নারায়ণের এই কঠিন কঠিন প্রশ্নগুলির সম্মুখীন হওয়ার পরেই নিজেকে সামলে রাখতে পারলেন না তিনি। এতবার কথাগুলি জিজ্ঞাসা করার পরেও তিনি কোনভাবেই এর কোন সমীক্ষা করতে চাইলেন না। সেখান থেকে উঠে শ্রীধর এর হাত থেকে লাঠিখানা ছিনিয়ে নিয়ে সকলের উপরে প্রহার করতে উদ্যত হতেই পিছন থেকে এক লাঠিয়াল এসে মুকুন্দবাবুর পায়ে আঘাত করলেন। তার হাত থেকে লাঠিটি পড়ে যেতেই তিনি বেশ কিছুটা দূরে সরে দাঁড়ালেন। তারপর আবার সেই নদীর পথ ধরে এগিয়ে যেতে শুরু করলেন। অন্ধকার নেমে আসায় কোনকিছুই পরিষ্কার করে দেখতে পাওয়া যাচ্ছিল না। রাস্তার ধার ঘেঁষে বেশ কিছুটা পাথুরে জমি প্রভাব বিস্তার করায় ঐ পথ ধরে এগিয়ে যাওয়ার কাজ বেশ কঠিন হয়ে যাচ্ছিল। তবুও মুকুন্দ প্রাণপণে দৌড়তে থাকলেন। মনে হচ্ছিল যেন মৃত্যুর চেয়েও ভয়ঙ্কর কোন সত্যকে গোপন করার জন্যই তিনি দৌড়ে চলেছেন। সকলের মাঝে থেকেও সেই সত্যকে উন্মুক্ত করতে চাইলেন না তিনি। আরও কিছুটা রাস্তা এগোতেই নদীর পারের রাস্তার শেষপ্রান্তে এসে পৌঁছলেন সকলে। লাঠিয়ালরা আবারও ঘিরে ফেলার চেষ্টা করতেই নদীর দিকে পা বাড়ালেন তিনি। তবে একবার পিছন ফিরলেন।

"জমিদার সূর্য নারায়ণ তুমি কোনদিন এই রহস্যের শেষ দেখতে পারবে না। তার আগেই তোমার মৃত্যু হবে। সে একে একে সকলের প্রাণ নেবে। আমি এই সত্য কোনদিন কাউকে বলিনি। এতদিন জমিদার মশাইয়ের নুন খেয়েছি। তাই ওনার সব ইতিহাসটা নিজের ভিতরেই সঞ্চিত করে রেখে দিয়েছিলাম। আজ আমার মৃত্যুর সাথে সাথে সেই ইতিহাসও নিজের দম বন্ধ করল।"

কথাটি বলেই মুকুন্দবাবু সেই স্রোতস্রিনি রেবতী নদীতে ঝাঁপ দিলেন। সকলে বিষয়টা দেখামাত্রই হইহই করে উঠলেন। লাঠিয়ালরা শেষরক্ষার জন্য সেদিকে এগিয়েও গেলেন। কিন্তু শেষরক্ষা আর হলনা। জমিদার সূর্যনারায়ণের কাছে গোটা ব্যপারটাই ধোঁয়াশার আকার ধারণ করেছিল। তার কাছে এই রহস্যের অন্তিম বিন্দুতে পৌঁছানোর কাজ ক্রমে কঠিন থেকে কঠিনতর হয়ে উঠেছিল। তবুও হাল ছাড়লেন না তিনি।

"যা হওয়ার হয়েছে শ্রীধর কাকা। আমাদেরকে এবার আরও সংযত হতে হবে। এতদিন শুধু সেই মায়াবিনীকেই ভয় পেতাম কিন্তু এখন মনে হচ্ছে তার সাথে জড়িয়ে থাকা রহস্য আরও ভয়ঙ্কর হতে চলেছে। আমার পিতার ব্যক্তিগত জীবনের এ এক এমন অধ্যায় যা নিয়ে কেউ মুখ খুলতেই চাইছেন না। এই অবস্থায় আমি কি করব? কিভাবে জানব সেই ইতিহাসকে? কিভাবেই বা তার নেপথ্যে থাকা সত্যের সাথে পরিচিত হতে পারব?"

শ্রীধরের কাছেও সূর্য নারায়ণের এই প্রশ্নগুলির কোন উত্তর ছিলনা। মাতৃ শোকের সাথে সাথে এই শর্বরীর অজানা ইতিহাসও তাকে কুড়ে কুড়ে খাচ্ছিল। বাড়িতে ফিরেই তিনি জমিদার কেশবনারায়ণের ঘরের দিকে এগিয়ে গেলেন। এত বছর ধরে পড়ে থাকা ঘরটির মধ্যে থেকে এক বিশ্রী গন্ধ নাকে ভেসে এলো। ঘরের ভিতরে ঢুকতেই দেখলেন মাকড়শার জাল বাসা বেঁধে রয়েছে। এক স্থান থেকে অন্য স্থানে বিন্যস্ত এই জালের প্রকোপে সামনে এগিয়ে যাওয়ার কাজ আরও কঠিন হয়ে দাঁড়াল। তবুও নিজের গতি অব্যাহত রাখলেন তিনি। এগিয়ে যেতে শুরু করলেন। ভাঙন ধরা খাটের পায়াটার কাছেই একটা আধ জ্বলা মোমবাতি নজরে পড়ল। চাঁদের আলোয় সেটিকে স্পষ্ট দেখতে পেলেন তিনি। হাতে তুলে জ্বালালেন। এরপর সেটির সাহায্যেই ঘরের চারিপাশটা ঘুরে ঘুরে দেখতে শুরু করলেন। গোটা ঘরের মধ্যে বেশ পুরনো আসবাবপত্র নিজের জায়গা করে নিয়েছিল। তারমধ্যে একটি সুবিশাল তৈলচিত্র নজরে পড়তেই থমকে দাঁড়ালেন

তিনি। সেই তৈলচিত্রের চারিপাশে লেবু ও লঙ্কা ঝুলতে দেখেই অত্যাধিক ঘাবড়ে গেলেন। গোটা ছবিটির চারিপাশে লাল রঙের সুতোর বাঁধন নজরে পড়ল।সেটি দেখামাত্রই ঘাবড়ে গেলেন তিনি। এছাড়াও কিছু শুকনো পাতা আর তার সাথে জড়িয়ে থাকা সুপারির খোলা নজরে পড়তেই সূর্য নারায়ণ বেশ কিছুটা আন্দাজ করতে পারলেন।

"অর্থাৎ এই ছবিটির উপরে কোন ক্রিয়া করা হয়েছিল। এই লাল সুতোর ধাগা, তার সাথে পান, আর এই সুপারির অবশিষ্ট অংশগুলি, এগুলি প্রমাণ করছে এই ছবিটি অভিশপ্ত। কিন্তু পিতার ঘরে এই ছবিটি কার? আর সেটির উপরে এমন ক্রিয়াই বা করা হয়েছিল কেন?"

এই বিষয়গুলি নিয়ে চিন্তা করতে করতেই তার নজরে পড়ল একটি পাত্র। তার পাশের কিছুটা অংশ মলিন আচ্ছাধনের দ্বারা আবৃত থাকায় সেটি স্পষ্ট নজরে পড়ল না। মোমবাতির শিখাটি সেদিকে এগিয়ে দিতেই তিনি লক্ষ্য করলেন ঐ জায়গাটির উপরে কোন ভারি বস্তু রেখে দেওয়া হয়েছিল। ঐ জায়গাটিতেই যে সিন্দুকটি ছিল তা একটি চকচকে বস্তু নজরে পড়তেই নিশ্চিত হয়ে গেলেন সূর্য নারায়ণ। সেটি হাতে তুলে নিতেই দেখলেন একটি নকশা করা তালা। সেই ভারি তালাটি তার পিতাই ব্যাভার করতেন। এছাড়াও এই একই তালা তিনি তার মায়ের ঘরেও থাকতে দেখেছিলেন। কোন একটি লোহার ট্রাঙ্কের সাথে এটিকে ঝুলতে দেখেছিলেন সূর্য নারায়ণ। হুবহু সেই একই তালা তার নজরে পড়তেই তিনি আবারও চমকে উঠলেন। সেটি হাতে নেওয়া মাত্রই গোটা ঘরের মধ্যে এক দমকা হাওয়া প্রবেশ করল। হাত থেকে তালাটি মাটিতে পড়ে যেতেই সজোরে শব্দ হল। ঘরের পরিস্থিতি ক্রমে বদলে যেতে শুরু করল। সেই দমকা হাওয়ার সাথে সাথে একটি সুরিলি কন্ঠ ভেসে আসতে লাগল। গায়ে কাঁটা দিয়ে উঠল সূর্য নারায়ণের।

"আমি এক অধরা ইতিহাস, যা কেউ শোনেনি –
আমি এক নিশুতি রাত যাকে কেউ পড়েনি।
কুয়াশা ঘেরা সেই আঁধার যাকে কেউ ভেদ করেনি।
আজও বেঁচে আছি আমি, এই গভীরেই।
নিঃশ্বাস পড়ছে বাতাসে আর মৃত স্বরে।
আআআআআআ, লালালালালালা –
রক্ত ঝোড়ানো ইতিহাস কেড়ে নেবে প্রাণ,
যে করবে এর উদ্ধার সেইই যে বলীয়ান!"

হা-হা-হা-হা, সুন্দর গানের সুরটা আবার বদলে গেলো সেই অট্টহাসির আতঙ্কে। দিকে দিকে বিস্তারিত হতে থাকল সেই হাসি। সূর্য নারায়ণের শরীর ভেদ করে সেটি হৃদয়কে দুমড়ে মুছরে শেষ করে দিতে লাগল। কি ভয়ঙ্কর সেই সুর। সেই ধ্বনি আর সেই নূপুরের শব্দ। একে একে সবকিছু যেন নিজের গতিবিধি পরিবর্তন করে তার দিকে এগিয়ে আসতে লাগল। তাকে জড়িয়ে ফেলতে লাগল। তার দম বন্ধ হয়ে আসতে লাগল। হাফাতে লাগলেন সূর্য নারায়ণ। দরজার হাতলটা ধরে মুখটা বাড়িয়ে নিঃশ্বাস নেওয়ার চেষ্টা করতে লাগলেন। ঠিক সেই সময়েই আবার সেই মহিলা কন্ঠস্বরটি ভেসে এলো। এবার আর ফিসফিসিয়ে নয়। কানের চারদিকে আবর্তিত হতে থাকল সেই আওয়াজ। জড়ানো কন্ঠে কেউ বলে গেলেন,

"এবার তোর পালা। যদি আমার আত্মা মুক্তি না পায় তাহলে তুই ও মরবি। এই তান্ত্রিক আমাকে এখানে বেঁধে রেখেছিলেন। ভেবেছিলেন কেশবকে আমি আর কোনদিন ছুঁয়ে দেখতেও পারবোনা। কিন্তু ঐ সুতোর মায়া কাটিয়ে বেরিয়ে আসা কোন কঠিন কাজ ছিলনা। একদিন

কেশব নিজের ভুলেই আগুনটা লাগিয়ে ফেলল। আর সুতোটাও পুড়ে ছাই হয়ে গেলো। ঐ ছবির থেকেই বেরিয়ে পড়লাম আমি। আমাকে শেষ করে ভেবেছিল আমাক্র থেকে মুক্তি পেয়ে যাবে। হা – হা – হা – সে জানতোনা আমি কে! ওরা কেউ জানেনা আমি কে? জানত শুধু মুকুন্দ। ওটাকেও আজকে শেষ করে দিয়েছি। তোকে করিনি শুধু। কারণ তুই যে নির্দোষ। তুই তো নিষ্পাপ। তোকে ঘিরে বাঁচতে চেয়েছিলাম যে! কিন্তু ঐ কমলা সব জেনেও আমাকে মৃত্যুর দিকে ঠেলে দিয়েছিল। আহ, আহ বুকের মধ্যে আজও জ্বালা। সবাইকে শেষ করেছি। শুধু তোকে করিনি। কারণ তোর সত্যিটা তোকেই খুঁজে বার করতে হবে।আমি চাই তোর হাতেই আমার মুক্তি ঘটুক।"

কথাগুলি শেষ হতেই আবার সেই গানের রেশটা মৃদু স্বরে ধ্বনিত হতে লাগল। তারপরেই সেটি ধীরে ধীরে মিলিয়ে গেলো ঐ মহলের গর্ভেই। সূর্য নারায়ণ ঘর থেকে বেরিয়ে এসে হাঁফ ছেড়ে বাঁচলেন। সেদিনের ঐ ঘটনা তার শরীরের রক্ত হিম করে দেওয়ার জন্য যথেষ্ট ছিল। এই পরিবারে তান্ত্রিকের প্রভাব বৃদ্ধির কারণ কি সেটাই ছিল তার কাছে সবচেয়ে বড় প্রশ্ন। আর সেই প্রশ্নের উত্তর খুঁজে বার করতেই তিনি বেরিয়ে পড়লেন।

সেদিন রাতটা ঐভাবেই কেটে গেলো। সকাল হতেই সূর্য নারায়ণ বাড়ি থেকে বেরিয়ে গ্রামের উদ্দেশ্যে রওনা হয়ে গেলেন। জমিদারদের সাথে গ্রামবাসীদের সম্পর্ক খুব একটা ভালো না থাকলেও কেশবনারায়ণের মৃত্যুর পর থেকেই এই রেশ অনেকখানি কমে গেছিল। কেশব নারায়ণ সঠিক সময়ে খাজনা দিতে না পারলেই ফসলের উদ্বৃত্ত অংশ ছিনিয়ে নিতেন। এই কারণে গ্রামবাসীদের অনেকেই আত্মহত্যা করতে বাধ্য হয়েছিলেন। এছাড়াও গ্রামের বহু মেয়ে বৌয়ের উপরেও তিনি নৃশংস অত্যাচার চালিয়েছিলেন। এইসবকথাগুলিই তিনি তার মায়ের কাছ থেকে শুনেছিলেন। নিজের পিতাকে কোনদিন না দেখলেও তার চরিত্র সম্পর্কে একটি সুবিশাল ধারণা তৈরি করেই গ্রামের মাটিতে পা রেখেছিলেন সূর্য নারায়ণ। তাকে গ্রামের কমবেশি সকলেই চিনতেন। গ্রামের মানুষের কাছ থেকে শর্বরীর ইতিবৃত্ত জানবার চেষ্টা করতে লাগলেন তিনি।

তবে গ্রামের বেশিরভাগ লোকের কাছেই শর্বরী নামটি আতঙ্কের প্রহর হিসাবে কাজ করল। তার নাম শোনার সাথে সাথেই কিছু লোক দরজা বন্ধ করে দিলেন আর বাকিরা মুখের উপরেই না করে দিলেন। শর্বরী যে কোন সাধারণ কাহিনী ছিলনা সে বিষয়ে নিশ্চিত হয়ে যাওয়ার পর সূর্য নারায়ণের কৌতূহল ক্রমে আরও বৃদ্ধি পেতে শুরু করেছিল। তিনি নিষ্প্রভ প্রাণটা নিয়ে ধিমি চালে এদিকে ওদিকে তাকাতে তাকাতে ক্লান্ত শরীরটা নিয়ে একটি মন্দিরের কাছে এসে পৌঁছলেন। গ্রামের মধ্যভাগে অবস্থিত ঐ মন্দিরটির একটা আলাদাই আভিজাত্য নিয়ে মাথা তুলে দাঁড়িয়েছিল। মন্দিরের সামনের শক্ত বেদিটির উপরে বসে গা টা এলিয়ে দিতেই একটি গম্ভীর কন্ঠস্বর কানে ভেসে এলো সূর্য নারায়ণের।

"জমিদার কেশব নারায়ণের একমাত্র পুত্র সন্তানের পদধূলি পড়েছে আজ এই মন্দিরে। আমি তো নিজেকে ধন্য মনে করলাম।"

কন্ঠস্বরটি কানে যেতেই সূর্য নারায়ণ পিছনে ঘুরলেন। প্রথমে কিছুটা ইতস্তত অনুভব করলেও ধীরে ধীরে লোকটির উপস্থিতি তাকে বেশ কিছুটা আশ্বস্ত করল। লোকটির মুখের দিকে তাকাতেই তাকে বিশ্বাস করতে ইচ্ছে করল।

"আপনি এভাবে এখানে বসে রয়েছেন কেন?"

সূর্য নারায়ণ লোকটিকে দেখে বললেন , " আমাকে আপনি বলবার প্রয়োজন নেই । আমি আপনার পুত্র সম । আমাকে আপনি করে না বললেই বেশী খুশি হব । তুমি বলুন না !"

"বাহ তোমার এই আচরণ মুগ্ধ হওয়ার মতই । তোমার পিতার চেয়ে তুমি অনেক আলাদা । তোমার মুখশ্রীই তা প্রমাণ করে দেয় । কিন্তু এমন সরল মুখমণ্ডলে এমন আতঙ্কের প্রহর কেন ?"

পুরোহিতের কথাগুলি সূর্য নারায়ণকে নিজের অন্তরের কষ্টগুলিকে প্রকাশ্যে আনতে সাহায্য করল ।

"আমার মা মারা গেছেন । মুকুন্দ কাকাও । পিতা তো জন্মের অনেক কাল আগেই গত হয়েছিলেন । কিন্তু আমি আজও জীবিত রয়েছি কেন বলতে পারেন ?"

সূর্যের কথাগুলি শোনার পরেই পুরোহিতটি বেশ কিছুটা ঘাবড়ে গেলেন । তারপর এক অত্যাশ্চর্য সূত্র ধরে তার কাছে কিছু কথা জিজ্ঞাসা করতে চাইলেন ,

"আচ্ছা তুমি কি তাকে দেখেছ ?"

পুরোহিতের মুখে এই কথাটি শোনার পরেই মারাত্মক ভয় পেয়ে গেলেন সূর্য নারায়ণ । তারপর কৌতূহল বসত জিজ্ঞাসা করলেন ,

"তাকে বলতে আপনি কার কথা বলছেন ? আমি তো আপনাকে সে বিষয়ে এখনও কিছু বলিইনি ।"

পুরোহিত কিছুটা গলা ঝেড়ে নিলেন । তারপর বললেন , " সে গো । সেই মেয়েটি । তুমিও বুঝি তাকে দেখেছ ! তোমার চোখে মুখে যে ভয়ের ছাপটা লক্ষ্য করেছি সেটি সেদিকেই তো আঙ্গুলিহিলন করতে চাইছে ।"

পুরোহিতের কথাগুলি এতক্ষণ অসস্থির কারণ হিসাবে ধরা দিলেও ধীরে ধীরে তার প্রতি বিশ্বাসটা ক্রমে বেড়েই চলল সূর্য নারায়ণের ।

"হ্যাঁ , আমি তার খোঁজেই বেরিয়েছি । শর্বরী । আপনি কি চেনেন তাকে ? এই গ্রামে যাদের কাছেই গিয়ে তার কথা জিজ্ঞাসা করেছি তারাই আমার মুখের উপরে দরজা বন্ধ করে দিয়েছেন নতুবা আমাকে তাড়িয়ে দিয়েছেন । জমিদারকে সামনে দেখেও যে তাঁদের বিন্দুমাত্র সঙ্কোচ বোধ নেই , তা আমাকে সত্যিই অবাক করেছে । কিন্তু আমাদের পরিবারের প্রতি এতটা বিরূপ মনোভাব পোষণের কারণটা কি সেটাই তো বুঝতে পারছি না !"

পুরোহিতটি তার পাশে এসে বসলেন । তখন বেশ বেলা হয়েছিল । দুপুরের চড়া রোদটা ওদের মুখের উপরে এসে পড়েছিল । হাতের সাহায্যে চোখের উপরে একটা আলগা ছাউনি দেওয়ার চেষ্টা করলেন পুরোহিত । তারপর বললেন ,

"বিগত সময়ে তোমাদের পরিবার বিশেষ করে জমিদার কেশব নারায়ণ এই গ্রামবাসীদের উপরে অকথ্য অত্যাচার চালিয়েছিলেন । সেই সব ইতিহাস কি ভাবছ মানুষ এত সহজে ভুলে গেছেন ? এরাই একটা সময় তোমাদের বাপ দাদাদের ঐতিহ্যকে বাঁচিয়ে রেখেছিল । কিন্তু তোমার পিতা ক্ষমতায় আসার পর থেকেই এদের অধিকারের বিষয়টি নিয়ে ভাবা একেবারেই বন্ধ করে দিয়েছিলেন । গ্রামের উদ্বৃত্ত প্রাপ্তির বিষয়টিই তার কাছে সর্বাধিক গুরুত্বপূর্ণ হয়ে উঠেছিল । দিনের পো দিন তিনি সাধারণ গ্রামবাসীদের উপরে অত্যাচার করেই যেতেন । একদিন এই গ্রামেরই মোড়লের এক মেয়ের উপরে ওনার নজর পড়েছিল । শর্বরী । পরমা সুন্দরী কন্যা। গরীবের বাড়িতে ওমন সুন্দর মুখশ্রী নিয়ে জন্মানোই হল এক অভিশাপ । তারপরে যদি আবার জমিদার হন কেশব নারায়ণের মত মানুষ তাহলে তো আর কোন কথাই নেই । মোড়লের মেয়েটিকে

দেখেই তার উদ্বৃত্ত মকুব করে দিলেন কেশব নারায়ণ। আমি তখন সদ্যই এই মন্দিরের পূজারী হিসাবে নিযুক্ত হয়েছিলাম। প্রায়েই শর্বরী মন্দিরে পূজা করতেন আসতেন। একদিন যখন তিনি মন্দিরেই আসছিলেন পথের মাঝে লাঠিয়ালদের নিয়ে জমিদার কেশব নারায়ণ তার পথ রোধ করে দাঁড়ালেন। আর তারপরেই ঘটল বিপত্তি। তারা সেদিনই শর্বরীকে তুলে নিয়ে গেলেন। শর্বরীর সেই চিৎকারের শব্দ আজও আমার কানে ভাসে। আমি পাথরের মত দাঁড়িয়ে দাঁড়িয়ে গোটা বিষয়টা দেখতে সেদিন বাধ্য হয়েছিলাম। কারণ জমিদারের বিরুদ্ধে কথা বলার অর্থ ছিল নিজের মৃত্যুকে আহ্বান জানানো। তাই কিছুই বলার সাহস করিনি। কিন্তু এরপর একটা বিষয় দেখে অবাক হয়ে গেছিলাম। শর্বরী পরের দিন খুব স্বাভাবিকভাবেই মন্দিরে পূজা দিতে এসেছিলেন। ওনার চেহারার মধ্যে চিন্তার কোন মলিনতাই নজরে পড়ল না। বিষয়টি জিজ্ঞাসা করতে গিয়েও করতে পারলাম না। পিছনেই দেখলাম জমিদার কেশব নারায়ণ এসে দাঁড়িয়েছেন। শর্বরীর সাথে ওনাকে দেখামাত্রই আমি একপ্রকার চমকে উঠলাম। শর্বরী যেন জমিদার মশাইয়ের উপরে যাদু করে দিয়েছিলেন। জমিদার বাবু মন্দিরের ভিতরে এসে উপস্থিত হলেন। আমার দিকে সহাস্যে চাইলেন। কিছু মোহর আমার ঝুলিতে দিয়ে বলেছিলেন,

"এগুলো নিজের কাছে রেখে দিস। ধরে নিস এটা আমার দেওয়া উপহার। তোর জন্য আমি আমার প্রেয়সীকে কাছে পেয়েছি। তোর মন্দিরটা না থাকলে এই মেয়েটিকে আমি কোনদিন দেখতেই পেতাম না। তোর আগে যিনি ছিলেন তিনি আমাকে এই সুযোগ দিতে পারেননি। কিন্তু তুই বেশ শুভ। আর যে আমার কোন কাজে আসে তাকে আমি ধন দৌলতে ভরিয়ে দি। যাক, অনেক কথা হয়ে গেছে। চলো শর্বরী!"

জমিদারের মুখে তুমি শব্দটি শুনেও শর্বরীর চোখেমুখে এতটুকু ভয় কাজ করতে দেখলাম না। এরপরে শুনেছিলাম জমিদারবাবু নাকি তাকে বিবাহ করেছেন। সে নাকি ঐ পরিবারের প্রধান হিসাবে নিজের জায়গা করে নিয়েছিলেন।"

কথাগুলি শুনে সূর্য নারায়ণ প্রশ্ন করলেন, " কেন সেই সময় কি আমার মা অর্থাৎ কমলা দেবী ছিলেন না?"

পুরোহিতটি বললেন, " ছিলেন বৈকি কিন্তু জমিদারের মুখের উপরে কথা বলার শাস্তি ছিল মৃত্যু। তোমাদের পরিবারের মধ্যে তার চেয়ে কট্টর জমিদার আর কেউই ছিলেন না। তিনি নিজের ইচ্ছাধীন হয়েই কাজ করতে পছন্দ করতেন। কিন্তু এরপর থেকেই সবকিছু বদলে যেতে শুরু করেছিল। শুনেছিলাম শর্বরীকে বিবাহ করার পর থেকেই নাকি জমিদারের শরীরের অবনতি ঘটতে শুরু করেছিল। শর্বরী নাকি কোন সাধারণ রমণী ছিলনা। রাত্রি হলেই নাকি তার চেহারা সম্পূর্ণ পরিবর্তিত হয়ে যেত। একদিন অনেক রাত্রে মন্দিরের পূজার কাজ সম্পাদন করে আমি বাড়িতে ফিরছিলাম। গ্রামের নদীর ঘাটের পাশ দিয়েই বাড়ির উদ্দেশ্যে যেতে হত। পথের মাঝখানে লাল শাড়িতে একটি মেয়েকে দেখামাত্রই আমি থমকে দাঁড়িয়ে পড়েছিলাম। ওত রাত্রে নদীর ঘাটে কে দাঁড়িয়ে থাকতে পারে এটি ভাবামাত্রই আমি সেদিকে এগিয়ে গেলাম। গিয়ে যা দেখেছিলাম তার কথা ভাবলে আজও আমার সারা শরীরে কাঁটা দিয়ে ওঠে। "

কথাটা বলেই কিছুক্ষণ একদৃষ্টে সূর্য নারায়ণের মুখের দিকে তাকিয়ে রইলেন সেই পুরোহিত। সূর্য নারায়ণ তাকে ওমনভাবে তাকিয়ে থাকতে দেখে আসল সত্যটি জানার জন্য আরও উৎসুক হয়ে উঠলেন।

"কি দেখেছিলেন আপনি?"

"আমি দেখেছিলাম লাল শাড়িতে এক ডাইনিকে। দেখেছিলাম এক সুন্দরীকে ধীরে ধীরে নিজের রূপ পরিবর্তন করতে। ভয়ঙ্কর দৃষ্টি নিয়ে সে আমার দিকে তাকিয়ে ছিল। তার হাতে ছিল একটি মরা বিড়ালের দেহ। কচর মচর করে হাড় আর মাংসগুলিকে ছিঁড়ে ছিঁড়ে খেতে শুরু করলেন তিনি। তারপর আমাকে দেখামাত্রই চিৎকার করে বলে উঠলেন,

"এই দেখ, শর্বরীকে? কিরে বিশ্বাস হল এবার? আরে আমিই সে রে! এবারে আশা করি বুঝতেই পেরেছিস যে আমি সবই পারি। সবকিছু পারি। আজকে বিড়াল চিবচ্ছি, ঠিক একইভাবে ধীরে ধীরে জমিদারের হাড় আর নরম মাংসগুলোও চিববো। শুধু তো কয়েকটা রাতের অপেক্ষা। এই অমাবস্যায় তাকেও শেষ করব।"

কথাটা শেষ করেই শর্বরী তারস্বরে হাসতে শুরু করলেন। কিন্তু ওনার পেটের দিকে নজর পড়তেই আমি আবারও ভয়ে আঁতকে উঠেছিলাম। দেখলাম উনি সন্তানসম্ভবা। বুঝতে পারলাম এটি জমিদারেরই সন্তান। একজন ডাইনীর পেটে মানুষের সন্তান? এটি ভাবামাত্রই আমি অবাক হয়ে গেছিলাম। কি ছিল তার উদ্দেশ্য কিছুই সেদিন বুঝে উঠতে পারিনি। কিছু বোঝার আগেই সেখান থেকে দৌড়ে পালিয়ে গেছিলাম। এরপর ভয় আর আতঙ্কে আমি কিছুদিনের জন্য এই গ্রাম ছেড়ে অন্যত্র চলে গেছিলাম। বেশ কয়েকমাস আমি গ্রামের বাইরেই ছিলাম। আমার ভাইকে আমি মন্দিরের কাজ সামলানোর দায়িত্ব দিয়ে চলে গেছিলাম। এরপরে বেশ কিছুমাস গ্রামের বাইরে নিজের মাসির কাছে কাটানোর পরে একদিন গ্রামে ফিরে আসতে বাধ্য হয়েছিলাম। কারণ হঠাত শুনতে পেয়েছিলাম আমার ভাই মারা গেছে। মৃত্যুর কারণ জানা ছিলনা। তবে শোবার আগে আমার সন্দেহটি পড়েছিল শর্বরীর উপরেই, গ্রামে সেই সময়ে ফিরতেই হয়েছিল। আমি বাদে মন্দিরের কাজ সামলাবার মত আর কেউই ছিলেন না। অগত্যা আমাকে ফিরতেই হয়েছিল। ফিরেই শুনলাম জমিদারের ঘরে নাকি পুত্র সন্তান জন্মেছে। কিন্তু তারপরেই শুনলাম আরও ভয়ঙ্কর কিছু। জমিদার নাকি ধীরে ধীরে মারাত্মক অসুস্থ হয়ে পড়েছেন। তার শরীরে নাকি রক্তাল্পতা দেখা দিয়েছে। আমি জানতাম সব সত্যিটা। কমলা দেবীকে বলতেও চেয়েছিলাম। কিন্তু জমিদার বাড়িতে প্রবেশের মুখেই সেই ডাইনীর সাথে মুখোমুখি হয়েছিলাম। একদিন রাতের আঁধারে লুকিয়ে কমলা দেবীর সাথে জমিদার বাড়ির পাঁচিল টপকে দেখা করতে গেছিলাম। পাঁচিলের উপরে উঠতেই দেখলাম লাল কাপড়ে ঐ খোলা বারান্দার উপরে সেই ডাইনি আমার দিকে তাকিয়ে দাঁড়িয়ে রয়েছেন। তার হাতে রয়েছে ঐ সদ্যজাত শিশুটি। অতি দেখামাত্রই আমি পাঁচিল থেকে পরে গেছিলাম। কিন্তু আমি থেমে থাকিনি। বিষয়টি শর্বরীর পিতা অর্থাৎ গ্রামের মোড়লকে জানিয়ে দিয়েছিলাম। নিজের জীবনের ঝুঁকি থাকা সত্তেও এই সত্যটি আমি তাকে জানিয়ে দিয়েছিলাম। এরপর গ্রামের লোকেরা সকলেই জমিদার বাড়িতে চড়াও হয়েছিলেন। শুনেছিলাম তারা একা যাননি। এই গ্রামের শেষপ্রান্তে অবস্থানকারী ব্রজগ্নি তান্ত্রিককেও তারা সঙ্গে করে নিয়ে গেছিলেন। ততদিনে শর্বরীর এই সত্য নাকি সকলের কাছেই ধরা পড়ে গেছিল। কমলা দেবী সবটা জানা সত্তেও তোমার মুখের দিকে তাকিয়েই চুপ করে থাকতে বাধ্য হয়েছিলেন। কারণ তিনি পুত্র সন্তানের জন্ম দিতে পারেননি। দুবার প্রসব করেছিলেন ঠিকই কিন্তু দুবারই মৃত সন্তান জন্মলাভ করেছিল। সকলেই বুঝতে পেরেছিলেন এই সবই সেই ডাইনীরই কারসাজি ছিল। মোড়লের কাছে এতদিন থাকা সত্তেও তিনি কখনই নিজের মেয়ের সত্যের কথা জানতে পারেননি। ব্রজগ্নি তান্ত্রিক নাকি এই কাজকে সম্পন্ন করেছিলেন। অনেক কষ্টে তারা শর্বরীকে বাগে আনতে পেরেছিলেন। এই ক্রিয়া সম্পন্ন হয়েছিল কিভাবে তা আমারও জানা নেই। শুধু

এটুকু শুনেছিলাম যে তান্ত্রিক ব্রজগ্নি ঐ পরিবারকে ডাইনীর কুপ্রভাব থেকে চিরকালের জন্য মুক্ত করে দিতে পেরেছিলেন। কিন্তু এরপরে ঘটেছিল আরও মর্মান্তিক ঘটনা। তান্ত্রিক ব্রজগ্নিকে তার কুটীরে মৃত অবস্থায় পাওয়া গেছিল। এই ঘটনার কিছু সময়ের মধ্যেই জমিদার কেসব নারায়ণেরও মর্মান্তিক মৃত্যু ঘটেছিল। এর কারণ জানা যায়নি। অনেকে বিশ্বাস করেন ডাইনীর নাকি মৃত্যু বলে কিছু হয়না। সে নাকি মৃতই। মৃত্যু নিমিত্ত মাত্র। সমস্ত বাঁধন পেরিয়ে সে পুনরায় ফিরে আসতে পারে।"

পুরোহিতটি থামলেন। সূর্য নারায়ণ তার মুখের দিকে তাকাতেই বললেন, " হ্যাঁ তিনি আজও আছেন। ঐ জমিদার বাড়ির অন্দরেই নিঃশ্বাস নিচ্ছেন। আমার মা আমাকে কোনদিনই এতকিছু জানাননি। গতকাল রাতে আমি আবারও সেই ভয়ঙ্কর শর্বরীকে অনুভব করেছি। সে আমার কানের কাছে এসে এমন অনেক কথাই বলে গেছেন যা একপ্রকার অভাবনীয়। উনি সকলকে মেরে ফেললেও আমাকে মেরে ফেলেননি। আমাকেই নাকি নিজের অস্তিত্ব খুঁজে বার করতে হবে আর সেইজন্যই নাকি উনি আমাকে বাঁচিয়ে রেখেছেন। আচ্ছা এই কালো শক্তিকে কি আমি শেষ করতে পারবোনা? এমন কি কোন উপায় নেই? তন্ত্র, মন্ত্রের সাহায্য ছাড়া তো একাজ করাও সম্ভব নয়। তাহলে কি করব?"

সূর্য নারায়ণের কথাটি শোনামাত্রই পুরোহিত বললেন, " ব্রজগ্নি মারা গেছিলেন। জানিনা ওনার কোন বংশধর আজও ঐ স্থানে আছেন কিনা? শুনেছিলাম উনি পিশাচ সিদ্ধ তান্ত্রিক ছিলেন। ওনার একটি ছেলেও ছিল। তাকেও নাকি তিনি তন্ত্র বিদ্যায় পারদর্শী করে তুলেছিলেন। একমাত্র তিনিই হয়ত তোমাকে এই কাজে সাহায্য করতে পারবেন। আমি জানিনা তাকে তুমি খুঁজে পাবে কিনা? যদি না পাও তাহলে বলব এই জমিদার ভিটে ছেড়ে চিরকালের জন্য চলে যেও। এই গ্রাম তোমার জন্য উপযুক্ত নয়। এই পাপের হাত থেকে নিস্তার পাওয়ার কাজও এতো সহজ নয় যেন! আচ্ছা আমি এখন চললাম। বাড়ির দিকে যেতে হবে। বেলাও পড়ে এসেছে। তুমিও বরং বাড়ি ফিরে যাও।"

কথাগুলি বলেই পুরোহিত মশাই নিজের সমস্ত জিনিসপত্র নিয়ে বাড়ির উদ্দেশ্যে রওনা হয়ে গেলেন।

সূর্য নারায়ণ থেমে থাকলেন না। তিনি এগিয়ে যেতে শুরু করলেন পুরোহিতের দেখানো পথ ধরে। গন্তব্য ছিল গ্রামের একেবারে শেষ সীমানা। সেখানে গিয়ে যদি তান্ত্রিকের দেখা পাওয়া যায়! এই আশাতেই তিনি সেদিকে অগ্রসর হতে লাগলেন। তার কাছে কোন সম্বল ছিলনা। নদীর পার ধরে এগোতে লাগলেন তিনি। সন্ধ্যে ঘন হয়ে এলো। পিছনে কারুর উপস্থিতি স্পষ্ট টের পাচ্ছিলেন তিনি। তবুও গতি থামালেন না। এগোতে থাকলেন। শেষে সমস্ত বাঁধা অতিক্রম করে মনের জড় নিয়ে গ্রামের সীমানায় এসে উপস্থিত হলেন। পাশেই নজর পড়ল এক কুটীরের দিকে। সেদিকে তাকাতেই তিনি দেখতে পেলেন টিমটিম করে আলো জ্বলছে। কাছে যেতেই দেখলেন কেউ একজন বসে রয়েছেন। আরও কাছে এগোতেই দেখলেন কুটীরের মধ্যে থেকে পোড়া গন্ধ ভেসে আসছিল। ঘরের ভিতরে ঢুকতেই একটা কালো কাপড় নজরে পড়ল। সেই কাপড়টি ব্যতীত সেখানে আর কিছুই নজরে পড়ল না। কাপড়টি হাতে নিতেই হঠাৎ বিদ্যুৎ চমকে উঠল। প্রবল ঝড় উঠল। বজ্রের ধ্বনি একেবারে হৃদয় ভেদ করতে লাগল। সূর্য নারায়ণ প্রকৃতির এই অশালীন পরিবর্তনকে বুঝে উঠতে পারার আগেই এক দমকা হাওয়ায় ঘরের মধ্যে টিমটিম করে জ্বলে থাকা প্রদীপটি নিভে গেলো। তারপরেই শুরু হল প্রবল বৃষ্টি। হঠাৎ কুটীরের মধ্যেই কারুর নিঃশ্বাসের শব্দ শুনতে

পেলেন তিনি। কেউ একজন যে এখানে বসে রয়েছেন সেটি স্পষ্ট টের পেলেন সূর্য নারায়ণ। কিছু বলবার আগেই একটি কন্ঠস্বর তাকে লক্ষ্য করে এগিয়ে এলো,

"এসেছিস হতচ্ছাড়া? হা – হা –হা, জানতাম তোকে আসতেই হত। আমার খোঁজে এসেছিলিস তাইনা?"

"কে কথা বলছেন? কে? কাউকে দেখতে পাচ্ছিনা কেন?"

সূর্যের কম্পমান কন্ঠস্বরের মধ্যেই তার অবস্থা ধরা পড়ছিল। সামনে রাখা প্রদীপটি হঠাৎ করেই জ্বলে উঠল। কিছু বোঝার আগেই ভয়েতে জড়সড় হয়ে গেলেন তিনি। দেখলেন কুটীরের শেষপ্রান্তে নিভু নিভু আলোয় বসে রয়েছেন এক জটাধারী তান্ত্রিক। তার চোখের দিকে তাকাতেই আঁতকে উঠলেন তিনি। জটার মাঝখান থেকে লাল চোখদুটি ধরা দিচ্ছিল। সেদিকে তাকাতেই সবকিছু ওলটপালট হয়ে গেলো সূর্য নারায়ণের। তিনি আমতা আমতা করতে লাগলেন।

তান্ত্রিক ওখানে বসে বসেই চমৎকার দেখালেন।

"ওম ব্রিহায়ে পরায়ে ফট স্বাহা, নম্বিদিরায়ে নৈরায়ে হিং ক্লিং ফট স্বাহা "

মন্ত্রটি সজোরে পাঠ করার সাথেই সাথেই বিদ্যুৎ চমকে উঠল। আরও জোরে জোরে বিদ্যুতের শিখাগুলি আকাশকে স্পর্শ করতে শুরু করল। সেই দেখামাত্রই শরীরের রক্ত হিম হয়ে যেতে লাগল সূর্য নারায়ণের।

হঠাৎ সূর্য দেখলেন সামনে এক যজ্ঞকুণ্ড সৃষ্টি হয়েছে। দাউদাউ করে সেখানে আগুন জ্বলছে। তার সাথে তারস্বরে হেসে চলেছেন সেই তান্ত্রিক।

"আমি সব জানি। তুই কেন, কিসের জন্য এখানে এসেছিস সে আমার নখদর্পণে। তুই যাকে উদ্ধার করতে এসেছিস তার গর্ভেই তো জন্মেছিস!"

এই কথাটি শোনামাত্রই পুনরায় চমকে উঠলেন সূর্য নারায়ণ।

"তার মানে আপনি কি বলতে চাইছেন?"

"পরাগ্নি কোনদিন মিথ্যা বলেনা? কোনদিন না? "

কথাটি বলেই আবার যজ্ঞের আগুনে আহূতি অর্পণ করলেন তিনি। সাথে সাথে যজ্ঞের আগুন কুটীরের শেষ মাথাটি স্পর্শ করে আবার যজ্ঞ কুণ্ডের মধ্যেই সমাহিত হয়ে গেলো।

"আমি আপনার কোন কথা বুঝতে পারছিনা। দয়া করে আমাকে এই কালো চক্রের থেকে মুক্ত করুন বাবা। আমি আপনার আশ্রয়ে এসেছি। আপনি ছাড়া কেউ আমাকে উদ্ধার করতে পারবে না। এই গ্রামের মানুষের কাছে আপনিই ভরসা। আমি আপনার আশ্রয়ে এসেছি।"

পরাগ্নি সজোরে হেসে উঠলেন হা – হা –হা।

"যাবো তবে একটা শর্তে, এই আগুনে তোকে নিজের প্রাণ আহূতি দিতে হবে। তোর মৃত্যু আর গ্রামের মুক্তি দুটি একইসাথে নির্ধারিত হবে। তোর জন্যেই আমার পিতা এই পৃথিবী ছেড়ে চলে যেতে বাধ্য হয়েছিলেন। ঐ ডাইনীর অংশ তুই। তোকেও সেদিন এই পৃথিবী থেকে সরিয়ে দেওয়া উচিৎ ছিল। কিন্তু আমার পিতা পারেননি। কিন্তু আমি নিষ্ঠুর। অনেক নিষ্ঠুর। তোর আহূতি পেয়েই আমার আগুন শান্ত হবে।"

পরাগ্নির কথাগুলি বিষের মত বিদ্ধ করতে লাগল সূর্য নারায়ণকে। তিনি পরাগ্নির হাতে পায়ে ধরে জীবনের ভিক্ষা চাইতে লাগলেন। পরাগ্নিকে অনেক কষ্টে শান্ত করলেন তিনি। ওর অবুঝ মুখটার দিকে তাকিয়ে পরাগ্নি শান্ত হলেন। এরপর নিজের আসনে গিয়ে বসলেন।

"বেশ , যা বুঝলাম তুই এই বিষয়ে কিছুই জানিস না । অবশ্য তা ঐ কমলার জন্যেই । কিন্তু সেও তো শেষ রক্ষা করতে পারলনা । সকলে চলে গেলো আর তোকে এখানে রেখে গেলো । "

"বাবা , আমি সবই বুঝতে পেরেছি । কিন্তু আমার জানিনা কেন মনে হচ্ছে ঐ বাড়িতেই কোথাও শর্বরী রয়েছে । তার আত্মা এখনও মুক্ত হতে পারেনি । তিনি নিজের শরীরটিকে খুঁজে চলেছেন। আমাকে যেভাবেই হোক সেই শরীরটি খুঁজে বার করে তাকে মুক্তি দিতেই হবে । নাহলে সর্বনাশ হয়ে যাবে । এই গ্রামের সকলকে তিনি গ্রাস করবেন !"

"পরাগ্নি এখনও জীবিত রে ! এত সহজও নয় । তবে তোর নিজের সত্যটা জানাতা খুবই প্রয়োজনীয় ছিল । আমাকে তোর বাসায় নিয়ে যেতে পারবি ? আজকে রাতের মধ্যেই সেই কাজ সম্পন্ন করতে হবে । নাহলে সেই আত্মা আরও শক্তিশালী হয়ে উঠবে । সবকিছু শেষ করে দেবে সে ।আজকেই অমাবস্যা । ঘোর অমাবস্যা । এই রাতের মধ্যেই আমাদেরকে তার শরীরটি খুঁজে বার করতেই হবে । আমার পিতা আমাকে অনেক গুপ্ত বিদ্যা শিখিয়ে দিয়ে গেছিলেন । আজকে সেই সকল বিদ্যার প্রয়োগের মধ্যে দিয়েই আমাদেরকে সেই শরীরটি খুঁজে বার করতেই হবে । আসলে ঐ পুরোহিত তোকে যা বলেছেন সেটি অর্ধেক সত্যি । তোর পিতা আরও অনেক ঘৃণ্য কাজ করেছিলেন । একথা সত্যি যে শর্বরী তোকে জন্ম দিয়েছিলেন । তুই তারই সন্তান । কিন্তু বিবাহের পূর্বেই সে ডাকিনী সাধনা করতেন । কিন্তু সেই সাধনা ভুল প্রমাণিত হওয়ায় ডাকিনী তাকে অভিশাপ দেন । তারপরেই তিনি অভিশাপদুষ্ট হয়ে পড়েন । দিনের বেলা স্বাভাবিক থাকলেও রাতের আঁধারে তিনি নরখাদকে পরিণত হতেন । মানুষের মাংস আর কাঁচা রক্ত খেয়েই তাকে বাঁচতে হত । শর্বরীর এই সত্যের কথা কেউ জানতেন না । সে তার মোহময়ি দৃষ্টির সাহায্যে পুরুষদের আকৃষ্ট করত । একবার মা হতে পারলেই সে এই দোষ মুক্ত হয়ে যেতে পারত । কিন্তু তোর পিতা কেশব নারায়ণ যখন শর্বরীর এই সত্যের কথা জানতে পেরেছিলেন তখন তিনি তার প্রতি অসীম ঘৃণার মনোভাব পোষণ করতে শুরু করলেন । এরপর আমার পিতাকে ডেকে নিয়ে গিয়ে অমাবস্যার রাতেই তাকে হত্যা করলেন । এরপর আমার পিতা তাকে ঐ ছবিটির মধ্যে কয়েদ করে রেখে দিয়েছিলেন । ডাকিনী তন্ত্রের সাধনা কালীন অবস্থায় যদি কোন রমণীর অকাল মৃত্যু হয় তবে তিনি মৃত্যুর পরে কর্ণপিশাচীতে পরিণত হন । শর্বরীর সাথেও তেমনটাই ঘটেছিল । অজান্তেই তাকে হত্যা করা হয়েছিল । কিন্তু তোর পিতার হাতের আগুনের ছোঁয়ায় সেই লাল রঙের সুতাটি পুড়ে গেছিল আর তারপরেই শর্বরীর আত্মা মুক্ত হয়ে গেছিল । এরপর থেকেই সে একে একে সকলকে শেষ করে দিতে শুরু করেছিল । একজন কর্ণপিশাচীনি প্রবল ক্ষমতা সম্পন্ন হয়ে থাকেন । মৃত্যুর পরে এদের ক্ষমতা আরও বৃদ্ধি পায় । যতক্ষণ না পর্যন্ত ওর শরীরটাকে শেষ করা সম্ভব হচ্ছে ততক্ষণ পর্যন্ত কিছুই বলা সম্ভব নয় । এমনকি সে আমাকেও শেষ করে ফেলতে পারে । তবে সঠিক সময়ের অপেক্ষায় ছিলাম আমি । এই অমাবস্যাতেই আমাদেরকে ওর শরীরটা খুঁজে বার করতে হবে । "

"ওর শরীর বলতে ? কেন শর্বরীকে হত্যা করার পরে কি তার শেষকৃত্য সম্পাদন করা হয়নি ?"

পরাগ্নি আরও ক্রুদ্ধ হয়ে উঠলেন । তারপর বললেন ,

"না হয়নি । সেখানেই তো সবচেয়ে বড় ভুল করে ফেলেছিলেন কেশব নারায়ণ । ঐ বাড়িতেই কোথাও একটা তাকে পুঁতে দেওয়া হয়েছিল । সেই শরীরটি খুজেই আমাদেরকে পোড়াতে হবে নাহলে সে কোনদিনই মুক্তিলাভ করতে পারবে না ।আমাদের আর দেরী করলে চলবে না ।"

বাইরে বৃষ্টির প্রভাব তখন কমে এসেছিল। কর্দমাক্ত পথ পেরিয়ে তারা দুজনে জমিদার ভিটের উদ্দেশ্যে এগোতে শুরু করলেন। মধ্যরাতের দিকে জমিদার ভিটেতে এসে পৌঁছতেই চারিদিকের থমথমে পরিবেশটি ওদের দুজনকেই আরও প্রভাবিত করে তুলল। সেই স্থানে যে কিছু একটা রয়েছে এই বিষয়টি টের পাওয়া মাত্রই তান্ত্রিক আরও উত্তেজিত হয়ে উঠলেন।

পরাগ্নি বললেন, " যজ্ঞের আগুনে আহূতি দিলেও এই শক্তির সনহার করা সম্ভব নয়। আমি মা কালীর ভক্ত। ওনাকে আমি চাক্ষুষ দর্শন করেছি। আমি বীজ মন্ত্র জপ করব। আর সেই মন্ত্রের শক্তির দ্বারাই এক সীমানা অঙ্কিত হতে থাকবে। সেই আলোর বলয়টিই আমাদেরকে শর্বরীর শরীর পর্যন্ত নিয়ে যাবে। তুই আমার সাথে সাথে এগোতে থাকবি। আর এটা ধর। এই কলসের মধ্যে মন্ত্রপূত জল রয়েছে। সেটিকে ছেটাতে ছেটাতে এগোতে থাকবি। এই জলটি ঐ ডাইনীর ক্ষমতাকে ক্রমে দুর্বল করে দিতে থাকবে। সে আমাদেরকে অনেকভাবে বাঁধা দেওয়ার চেষ্টা করবে। তোর পরীক্ষা নেওয়ারও চেষ্টা করবে। হতে পারে এই ক্রিয়া চলাকালীন তুই এমন কিছুও দেখতে পারিস যা অবিশ্বাস্যকর। কিন্তু সেদিকে একেবারেই নজর দিবি না। আলোর দেখানো পথ ধরেই আমাদেরকে এগিয়ে যেতে হবে।আরও একটা কথা আমি মন্ত্র পড়াকালীন খবরদার পিছনের দিকে তাকাবি না। এর দ্বারা কিন্তু সেই ডাইনীর শক্তি আরও বৃদ্ধি পাবে। "

পরাগ্নি মন্ত্রের উচ্চারণ শুরু করলেন।

"ডাকিনী সঙ্খিনি পিশাচীনি ত্রিয়াকো তম্বিনি, হরিদ্রায় শূদ্রাণী রুদ্রাণী ফট স্বাহা, হিরন্নাভ হোম হোম পিশাচায় হিম ক্লিম স্বাহা।"

মন্ত্রটির উচ্চারণ অব্যাহত রইল। সূর্য নারায়ণ লক্ষ্য করলেন একটি আলোর বলয় তার চোখের সামনে ঘুরপাক খেতে লাগল। সেই বলয়টি মন্ত্রের প্রয়োগের সাথে সাথেই এগিয়ে যেতে শুরু করেছিল। তারাও সেই পথ ধরে এগিয়ে যেতে লাগলেন। এরপর একটা সময় গিয়ে লক্ষ্য করলেন বাড়ির পিছনের একটি তেঁতুল গাছের কাছে এসে আলোর বলয়টি স্থির হয়ে দাঁড়িয়েছে।

সাথে সাথেই পরাগ্নি চোখ খুললেন। সামনে আলোর বলয়টিকে দেখেই তিনি সজোরে বলে উঠলেন,

"ঐ স্থানেই সে রয়েছে। হ্যাঁ, ঐ স্থানটিতে এসেই আলোর বলয় স্তব্ধ হয়েছে। দেখ এবার আকাশের দিকে তাকিয়ে, আজ ঘোর অমাবস্যার মধ্যেও তুই চাঁদ দেখতে পাবি। এই চন্দ্রমা তখনই দেখা যায় যখন কোন অপশক্তি নিজের অস্তিত্বের প্রমাণ নিজেই দেন। "

সূর্য নারায়ণ আকাশের দিকে তাকাতেই দেখলেন সত্যি সত্যিই পূর্ণিমার মত গোলাকার চাঁদ মাথার উপরে শোভা পাচ্ছিল। সেটি দেখামাত্রই তিনি চমকে উঠলেন। পরাগ্নি বললেন,

"আর সময় নেই। এরপর দেরী হয়ে যাবে। এই চাঁদ যতক্ষণ আকাশে থাকবে জানবি সে আমাদের কোন ক্ষতি করতে পারবে না। এই নে কুপি। এর সাহায্যে মাটি কোপাতে থাক। ঠিক কিছু না কিছু দেখতে পাবি। যদি তার দেহ নজরে পড়ে তাহলে সেটিকে তুলে এনে আমার সামনে রাখবি। আমি তাকে বিনষ্ট করব।"

তান্ত্রিকের কথা মতন কুপির সাহায্যে মাটি কোপাতে শুরু করলেন সূর্য নারায়ণ। কিছুক্ষণ মাটি কোপানোর পরেই লক্ষ্য করলেন সেই আলোর বলয়টি একটি শরীরকে লক্ষ্য করে তার মধ্যে প্রবেশ করে গেলো। তারপরেই একটা পচা গন্ধ তাঁদের নাকে ভেসে এলো। একটি বস্তা নজরে পড়ল। তার মুখটা লাল রঙের মোটা কাপড়ের সাহায্যে বাঁধা ছিল। সেটি দেখামাত্রই সূর্য নারায়ণ পরাগ্নিকে উদ্দেশ্য করে বললেন,

“এখানে কিছু একটা দেখা যাচ্ছে। একটা বস্তা।“

পরাগ্নি কাছে এগিয়ে গেলেন। তারপরে আবার বিড়বিড় করে বেশ কিছু মন্ত্র পাঠ করলেন। তারপরে বললেন,

“হ্যাঁ এটাই, এটাকেই তুলে আন। এটাতেই আছে তার দেহ।“

আবার ঝড় উঠল। শেষ প্রহরে এই ঝড়ের হুঙ্কার পরাগ্নিকে অস্থির করে তুলল। তবুও তিনি মন্ত্রের উচ্চারণ অব্যহত রাখলেন।

“এই ধাগাটা খোল।“

ধাগাটি খুলতেই একটি কঙ্কালের হাত বেরিয়ে এলো। কঙ্কালের দুহাতে লাল চুড়ি পড়ানো ছিল। সেটি দেখেই পরাগ্নি বললেন,

“হ্যাঁ এটিই তার দেহ। এটিকে ধীরে ধীরে বার করে আন। সে তোর হাতেই মুক্তি পেতে চায়।“

পরাগ্নির কথায় ঐ দেহটিকে বাইরে বার করে আনলেন সূর্য নারায়ণ। তারপর গলার দিকে তাকাতেই অবাক হয়ে গেলেন। কঙ্কালের গলার হারের সাথে তার গলায় পরিহিত হারটির এক অদ্ভুত মিল ছিল। দুটি হারের এতো মিল থাকার কারণ জানতে চাইলে পরাগ্নি বললেন,

“তোমার পিতা কেশব নারায়ণ এমন হার পরিবারের দুজন সদস্যকেই দিয়েছিলেন। শর্বরী আর তোকে। তোর জন্মের পর তিনি এই হারটি উপহার স্বরূপ তোদের দুজনকেই দিয়েছিলেন। যাতে তোরা একে অপরের সাথে আজীবন বাঁধা পড়ে থাকিস। শর্বরীর কন্ঠেও তাই এই হারটি শোভা বর্ধন করত। কিন্তু উনি তাকে শেষ করে এই জমির নীচেই পুঁতে দিয়েছিলেন। আজ এতকাল ধরে এই শরীরটা এখানেই চাপা পড়ে ছিল। কিন্তু এবার তার মুক্তির প্রয়োজন। আমাকেই তাকে মুক্ত করতে হবে।“

পরাগ্নি জোরে জোরে মন্ত্রপাঠ করতে শুরু করলেন। সেই চমৎকার দেখে চোখ ধাঁদিয়ে গেলো সূর্য নারায়ণের। তিনি দেখলেন মন্ত্রের ধ্বনি ক্রমে আকাশপথে বিস্তারলাভ করতে লাগল। মেঘের গর্জন আরও বৃদ্ধি পেলো। মেঘের ঘর্ষণের দ্বারা আগুনের ফুলকি সৃষ্টি হল আর সেই ফুলকি এসে পড়ল সেই কঙ্কালের শরীরে। সাথে সাথে তাতে আগুন ধরে গেলো। দাউদাউ করে জ্বলতে শুরু করল সেই কঙ্কালটি। এরপরে সূর্য নারায়ণ আরও একটা চিৎকারের শব্দ শুনতে পেলেন। জমিদার বাড়ির ভিতর থেকে একটি আর্ত চিৎকারের শব্দ শুনতে পাওয়া গেলো। তারপর তিনি দেখলেন সাদা বলয়ের মত একটি গোলাকার আলোর কণা পাঁচভাগে বিভক্ত হয়ে সেদিকেই এগিয়ে আসছে। ধীরে ধীরে সেগুলি ঐ কঙ্কালের কাছে এসে জড়ো হল। তারপর সজোরে আরও একবার মেঘ গর্জে উঠতেই সেই পাঁচটি আলোর শিখা ঐ আগুনের মধ্যেই সমাহিত হয়ে গেলো। ধীরে ধীরে সেই চিৎকারের শব্দটিও মিলিয়ে গেলো। এরপরে সেই আগুনের ভিতর থেকেই শুভ্র বস্ত্র পরিহিতা এক রমণী প্রকট হলেন। তার দিকে তাকাতেই অবাক হয়ে গেলেন সূর্য নারায়ণ।

সেই রমণী তাকে উদ্দেশ্য করে বললেন, “ আমি শর্বরী। তুমি আমারই সন্তান। ডাকিনী বিদ্যার ক্রিয়ার ত্রুটির কারণে আমাকে অভিশাপ পেতে হয়েছিল। আর সেই অভিশাপের প্রভাবেই আমাকে এতকাল এমন একটি কঠিন জীবন যাপন করতে হয়েছিল। প্রেত হয়েই আমি এই যনিতে আটকে পড়েছিলাম। আমাকে তুমি ছাড়া আর কেউ মুক্ত করতে পারতেন না। এতে তোমার পিতা বা মাতার কোন দোষ ছিলনা। তোমার পিতা একজন লোভী মানুষ ছিলেন ঠিকই কিন্তু আমার সাথে বিবাহের পর থেকেই তার আচরণে অনেক পরিবর্তন সাধিত হয়েছিল। তিনি নিজের

ভুল বুঝতে পেরেছিলেন। আমার সাথে সুখে সংসার করতেও চেয়েছিলেন। কিন্তু আমি শাপভ্রষ্ট হওয়ায় আমাকে এই পথ অবলম্বন করতে হয়েছিল। আমি এই শাপের হাত থেকে মুক্তি পাওয়ার জন্যই এই সকল হত্যা করতে বাধ্য হয়েছিলাম। তবে আজ আমি মুক্ত হতে পেরেছি। পরাগ্নির মন্ত্রের দ্বারা আমি এই প্রেতলোকের সীমানা অতিক্রম করে স্বর্গলোকে যেতে পারছি। তোমাদেরকে অনেক আশীর্বাদ করি। তোমরা সুখী হয়ও আর সূর্য আমাকে পারলে ক্ষমা করে দিও। আজ থেকে এই জমিদার বাড়ি শাপ মুক্ত হল সাথে এই গ্রামও।"

এরপরে একটি তীব্র আলোর রেখার সাথে মিলিয়ে গেলেন শর্বরী। আসতে আসতে প্রকৃতিও শান্ত হয়ে গেলো। পরাগ্নি সূর্য নারায়ণকে বললেন,

"যা, এবার তুই মুক্ত। এবার তুই আবার নতুন করে জীবন শুরু করতে পারবি। তোর সন্তান এই বংশের যোগ্য উত্তরাধিকারী হিসাবে নিজের সুনাম অর্জন করবে। "

চোখ বন্ধ করে পরাগ্নিকে নিজ প্রণাম অর্পণ করলেন সূর্য নারায়ণ। চোখ খোলার পরে তিনি আর পরাগ্নিকে দেখতে পাননি। তিনিও হয়ত ঈশ্বরের দূত হিসাবেই তাকে সাহায্য করতে এসেছিলেন। তার কথামতই নতুন জীবন শুরু করার সিদ্ধান্ত গ্রহণ করেছিলেন তিনি। জমিদার বাড়ির অন্দরে প্রবেশ করতেই দেখলেন সবকিছু আগের মতই স্বাভাবিক হয়ে গেছে। পিতার ঘরে প্রবেশ করতেই দেখতে পেলেন শর্বরীর ছবিটি পুড়ে একবারে কালো হয়ে গেছে। ওনার অস্তিত্ব যে ঐ ছবিটির মধ্যেই ছিল সেটি পুনরায় প্রমাণিত হয়ে গেছিল। তিনি লাঠিয়ালদের ঐ ছবিটিকে বাড়ির বাইরে রেখে আসতে বললেন। এরপর কমলা দেবীর পছন্দ করা মেয়ের সাথেই ওনার বিবাহ সম্পাদিত হয়েছিল। এরপর সেই অভিশাপের কালো প্রভাব কোনদিন জমিদার বংশের ঐতিহ্যকে মলিন করবার সাহস পায়নি।

সমাপ্ত

2

ডাউ হিলের প্রেতাতঙ্ক
সঙ্গারী ভট্টাচার্য

ডাউ হিলের প্রেতাতঙ্ক

আমার নাম রক্তিম। পেশায় একজন সাহিত্যিক। বর্তমানে সাহিত্য চর্চার রসদটি আয়ত্ত করেছিলাম কারশিয়াং এর ডাউ হিল নামক স্থানে পরিভ্রমণের সুবাদে। অখানেকার মনমাতানো সৌন্দর্যের মধ্যেই যে রহস্যের এক খনি লুকিয়ে ছিল এই বিষয়টি তখন কোনভাবে আয়ত্ত করতে পারিনি। এটা তো আপনারাও মানবেন, দূর থেকে দেখে কোনকিছুর অন্তর্নিহিত অর্থ বিচার করা যায়না! আমার কাছেও কিন্তু বিষয়টা কিছুটা তেমনই ছিল। ঐ জায়গাটির সম্পর্কে মানুষের কাছ

থেকে নানান পরলৌকিক ও অতিলৌকিক বিষয়ের কথা জানতে পেরেছিলাম , কিন্তু কোনদিনও নিজের চোখে দেখার সৌভাগ্য হতে পারে কিনা ! এই বিষয়টার প্রতি গুরুত্ব আরোপ করা সম্ভবপর হয়নি । শুধু গুরুত্ব আরোপ বললে ভুল হবে , আমি আসলে এই ভূত প্রেতের বিষয়টা নিয়ে পূর্বে ভেবেই দেখিনি । এখনও নাকি ঐ পাহাড়ি এলাকায় এমন কিছু জিনিস দেখতে পাওয়া যায় , যেটি আজও সাধারণের রক্ত হিম করে দেওয়ার পক্ষে যথেষ্ট । তবে একটা কথা বলতে পারি , ওখানে পৌঁছেই এই সাহিত্যিক হওয়ার ইচ্ছেশক্তিটি আরও প্রবল হয়ে উঠেছিল । আমি ওখানে যাবো ! এমনটা কিন্তু আগে থেকে বরাদ্দ ছিলনা তবে কথায় আছে নিয়তি মানুষকে যেখানে টেনে নিয়ে যায় , সেখানে নাকি তাকে যেতেই হয় আর এর মধ্যেই একজন সফল ব্যাক্তির জীবনকে খুঁজে নেওয়ার প্রাসঙ্গিকতা লুকিয়ে থাকে । বারবার ঐ জঙ্গলে ঘেরা পাহাড়ি অঞ্চলের স্নিগ্ধ সৌন্দর্য ও লালিত্য কোথাও না কোথাও আমাকে নিজের দিকে আকর্ষিত করেই চলেছিল । খালি মনের মধ্যে একটা চিন্তাই খাবি খেতে থাকত ! যদি কোন এক বিশেষ উপায়ে সেখানে পৌঁছে যেতে পারি ! কোন জাদু কাঠির বলে যদি একবার সেখানে নিজে পৌঁছে ঐ ভয়ঙ্কর সত্যতাকে যাচাই করে দেখতে পারি ! কিন্তু ঐ যে নির্দিষ্ট সময়ের পূর্বে ভাগ্যের চাকা যে কোনদিনও ঘোরেনা , ঘোরেনি ! এর থেকে বড় সত্য আর কিইই বা হতে পারে ? আমিও তাই সঠিক সময়ের অপেক্ষা করতে লাগলাম । হঠাৎ একদিন নজরে পড়ল একটি বিজ্ঞাপন । বিজ্ঞাপনের একেবারে জ্বলজ্বলে অক্ষরে লেখা ছিল কিছু কথা !

“ডাউ হিল স্কুলে লাইব্রেরিয়ান প্রয়োজন । যারা এই কাজের জন্য উপযুক্ত যোগ্যতার পরিচয় দেবেন , তাঁদেরকে এখানে আসার অনুরোধ জানাই । আমাদের ডিপার্টমেন্ট থেকে তিনজন সদস্যকে এই কাজের জন্য নিযুক্ত করা হবে , উপযুক্ত বেতন সহ , থাকা খাওয়া একেবারেই বিনামুল্যে । এখানকার পরিবেশে যদি কেউ গা ভাসাতে ইচ্ছুক থাকেন তাহলে সত্তর আমাদের সাথে নীচে দেওয়া ঠিকানায় যোগাযোগ করুন । “

আমার কাছে খবরটি ছিল একেবারে হাতে চাঁদ পাওয়ার মত । ঐখানে যেতে পারাটাই যখন সবথেকে বড় প্রায়োরিটি হয়ে উঠেছিল , তখন অন্যদিকে তাকানোর আর কোন প্রয়োজনই ছিলনা । আমিও তাড়াতাড়ি ঐ এডভারটাইসমেনটটি খুলে পড়তে শুরু করলাম । আরে বাবা , শুধু অপরসা দেখলেই কি সমস্যা মিটে যায় ভাবছেন ? কোথায় লেখাতা পাঠাবো ? ফর্ম ফিল আপের বিষয়টি কোন ওয়েবসাইটে রয়েছে ? এই সব বিষয়গুলি সম্পর্কেও তো জানতে হত নাকি ? আসলে চিরকালই একটু ডিটেলিং এর দিকেই গুরুত্ব আরোপ করে এসেছি । তাই সেবারেও সব ছেড়ে ছুড়ে ডিটেলিং খুঁজতে বসে পড়েছিলাম । যথারীতি বিষয়টি দেখতেও পেয়ে গিয়েছিলাম । ওখানে উল্লিখিত সময়ের মধ্যেই যাবতীয় সমস্ত দস্তাবেজ নির্দিষ্ট ঠিকানায় পাঠিয়ে দিয়েছিলাম । এরপরে ছিল চুপ করে বসে থাকার কৌশল আয়ত্ত করা , সেটিকেও আমি বেশ সহজেই আয়ত্ত করে ফেলেছিলাম । ওখানে পাঠানো দস্তাবেজগুলি যে বাতিলের খাতায় পৌঁছবে সেটির আশা কোনদিনও করিনি । আর ঐ যে কথায় বলে , আপনি যদি পজিটিভ ভাবতে পারেন , আপনার সাথেও পজিটিভই হবে । ওখানে আর কোনকিছুর কোন জায়গা থাকেনা ! ব্যাস ওইটেই যথেষ্ট জানবেন । পনেরো দিনের মাথাতেই পুনরায় তাঁদের দপ্তর থেকে চিঠি এলো ।

“ আপনার প্রোফাইলটিকে সিলেক্ট করা হয়েছে । এখানে এসে ইন্টার্ভিউ দিন । আপনাকে আগামী সাতদিনের মধ্যে কারশিয়াং এর ডাউ হিল স্কুলে এসে উপস্থিত হতে হবে । বাকি কথা এখানে পৌঁছানোর পরেই আপনাকে জানিয়ে দেওয়া হবে ।“

আমি যেন সেদিন হাতে চাঁদ পেয়েছিলাম । বারংবার মনে হচ্ছিল আমি পেরেছি , হ্যা হ্যা আমি পেরেছি । আমাকে অনেকেই অনেকভাবে ছোট প্রতিপন্ন করার চেষ্টা করতেন , কিন্তু তাঁদের মুখে চুনকালি মাখিয়ে আমি নিজের যোগ্যতায় এই স্থানে অবতীর্ণ হতে পেরেছিলাম , আর সেটাই ছিল এই পৃথিবীর দিকে ছুঁড়ে দেওয়া চুনকালি । নিজের হাতে সেটি মাখানোর সুযোগ না পেলেও অনেকের কাছেই আমার এই চাকরির তালিকা পত্রটি যে ঐ আঙ্গিকেই কাজ করেছিল , সে বিষয়ে আমি বেশ অনেকটাই নিশ্চিত হয়ে যেতে পেরেছিলাম বৈকি ! কলকাতায় একটি মেস বাড়িতে থেকে বেড়ে ওঠা । ছোট বেলা থেকেই অনাথ হওয়ার দরুন মা বাবার ভালোবাসা থেকে চিরকালই বঞ্চিত থেকে গিয়েছিলাম । কেউ দত্তক নিতেও এগিয়ে আসেননি । কাজেই ঐ বিষয়গুলো নিয়ে চোখের জল ফেলতে ফেলতেও অনেকটাই ক্লান্ত হয়ে পড়েছিলাম । এরপরে সময় এসেছিল জীবনটাকে নতুন উদ্দীপনার সাথে বাঁচার ! আর তার জন্য প্রয়োজন ছিল কিছু করে দেখানোর । এই কারণেই ঐ চাকরিটি আমার কাছে সর্বাপেক্ষা প্রাসঙ্গিক কারণ রূপেই আত্মপ্রকাশ করেছিল ।

কলকাতায় একটি ছোটখাট ব্যাবসায়িক প্রতিষ্ঠানে কাজ করতাম আমি । ওখান থেকেই মাস গেলে বেশ কিছু টাকার মুখও দেখতে পেয়ে যেতাম । সৌভাগ্যবসত কলকাতার ঐ ভয়ঙ্কর হট্টগোলের জনজীবনের মধ্যেও একটি মেয়ের হাত ধরার সুযোগ পেয়েছিলাম । তবে তাকেও চাকরি সুত্রে দিল্লী উড়ে যেতে হয়েছিল । আজকালকার যুগে কে আর কারুর জন্য নিজের কেরিয়ার বিসর্জন দিতে চায় বলুন তো ? এছাড়া আমিও সেইসব স্বামীর মধ্যে পড়তে একেবারেই অনিচ্ছুক ছিলাম যারা নিজের প্রয়োজনে আর পুরুষত্ব দেখানোর উদ্দেশ্যে নিজের স্ত্রীর আনন্দের থেকে তাকে বঞ্চিত রাখেন ? এসবের জন্য অনেক আগে থেকেই প্ল্যানিং করে রেখেছিলাম । তবে সেও দিল্লী নিয়ে যাওয়ার জন্য অনেক জোরজার করেছিল ঠিকই কিন্তু আমি কেবলমাত্র ঐ নটা ছটা ডিউটির বেড়াজালে কোনদিনও নিজেকে বেঁধে ফেলতে চাইনি । তাই কোনদিনও দিল্লী যাওয়ার চিন্তাও করিনি । আমার ইচ্ছে ছিল কাজের ফাঁকে ফাঁকে টুকটাক সাহিত্য চর্চা করাটাও । ওটার জন্যই এই ধরণের বিতর্কিত জায়গাগুলির খোঁজে লেগে পড়েছিলাম । আর এরকম জায়গার অস্তিত্ব যে ভারতভূমিতে কম নেই সেটিও খুব সহজেই টের পেয়ে গিয়েছিলাম । যাক এতো গেলো যাওয়ার আগের প্রশিক্ষণের কথা ! ওখানে যাওয়ার সময়ে একাধিক অভিজ্ঞতা অর্জিত হয়েছিল । সে কাহিনী না হয় অন্য কোনদিন শোনাবো আপনাদের । তবে কি জানেন ! একটি জায়গা সম্পর্কে ভালোভাবে জানার পরেই ওখানে যাওয়া উচিৎ নাহলে একাধিক বিপদের সম্মুখীন হতে হবে আপনাকে ! আমার ক্ষেত্রেও ঠিক তেমনটাই ঘটেছিল বলেতে পারেন ! ওখানে যাওয়ার কৌশলটি আয়ত্ত করে নিয়েছিলাম ঠিকই কিন্তু ফিরে আসবার কৌশল আয়ত্তের বিষয়টি এতটাও সহজতর ছিলনা । সেটি ছিল বেজায় কঠিন । ওখানে গেলে যে আমারও প্রাণনাশের সম্ভাবনা থাকতে পারে , সেটির কথা ভাবলে আজও আমার গায়ে কাঁটা দিয়ে ওঠে ।

আমি তল্পিতল্পা গুছিয়ে যখন বেড়িয়ে পড়েছিলাম তখন কলকাতায় জানুয়ারি মাস । বেশ ভালোই ঠাণ্ডা ঘিরে রেখেছিল সমগ্র শহরকে । তাহলে বুঝতেই পারছেন , কলকাতাতেই যদি এমনটা হয় তাহলে কারশিয়াঙ এর অবস্থা কি হতে পারে ? হ্যা ঠিকই ধরেছেন , সেই সময়ে কারশিং ছিল একেবারে বরফের খনি । বরফের শুভ্র চাদরে ঢাকা পড়েছিল চারিদিক । সেখানে নিজেকে এক অজ্ঞাতপরিচয় অতিথি ব্যাতিত আর কিছুই মনে হচ্ছিল না । তবুও নিয়তির টানে সেই দূরদেশে পাড়ি দেওয়ার উল্লাসটা চেপে রাখতে পারলাম না । নৈসর্গিক শোভা লক্ষ্য করতে করতে

শেষমেশ দুদিনের মাথায় এসে পৌঁছলাম কারশিং এ ।সাধারণত কলকাতা থেকে এই জায়গাটির দূরত্ব নির্ধারণের জন্য একদিনই যথেষ্ট থাকে , কিন্তু আমি এদিক সেদিক ঘুরেঘারে আরও বেশ কয়েকটাদিন নিজের ঝুলিতে পুড়ে নিয়েছিলাম ! আমার মত ভ্রমণ প্রেমীদের কাছে কারশিয়াং এর মত জায়গা স্বর্গের থেকে কি কোন অংশে কম মনে হয় ? আদপেও নয় !

ডাউ হিলের পরিবেশ ছিল একেবারেই মর্মান্তিক । ঐ হাড়কাঁপানো ঠাণ্ডার পাশাপাশি ঝিরঝিরি বৃষ্টি গোটা জায়গাটির উপরে থাবা বসানোর পক্ষে ছিল যথেষ্ট । যে কোন মানুষের কাছেই দিনের আলোটুকুই ছিল যথেষ্ট , সন্ধ্যে নামার সাথে সাথেই সকলে সেখান থেকে দূরে পালানোর সিদ্ধান্ত নিয়েই ফেলতেন । ডাউ হিল স্কুলটি ছিল ঐ এলাকা থেকে বেশ খানিকটা দূরেই । পাহাড়ের খাবি কেটে কেটে এগিয়ে গিয়েছিল সবুজে ঘেরা একরাশ জমি , সেটিরই ফলক স্পর্শ করে রেখেছিল ঐ বিখ্যাত স্কুলটি । ইংরেজ আমল থেকেই ঐ স্কুলটিকে ঘিরে একাধিক অপ্রাসঙ্গিক অভিজ্ঞতা নিজের ডালপালা বিস্তার করে রেখেছিল । কিন্তু তার নেপথ্যে যে কোন একটি ভয়ঙ্কর ইতিহাসের স্বত্বা কাজ করবে সেই বিষয়ে কারুরই কোন পূর্ব অভিজ্ঞতা কিন্তু ছিলনা । ওখানকার সাধারণ মানুষের চোখে মুখে সন্ধ্যে নেমে আসার বিষয়টি ছিল খুবই গুরুত্বপূর্ণ একটি বিষয় , কারণ সকলেই রাতের চাদরে গা ভাসিয়ে বাড়িতে পৌঁছে আলো বন্ধ করে শুয়ে পড়তেই বেশী স্বচ্ছন্দ অনুভব করতেন । আমি বিষয়টি আন্দাজ করতে পেরেই একটি চায়ের দোকানির কাছে গিয়ে উপস্থিত হয়েছিলাম ।দেখলাম লোকটি আমায় দেখামাত্রই ঘাড় ঘুরিয়ে নিলেন । নিজের কাজে মন দেওয়ার বিষয়টির মধ্যে দিয়েও যে তিনি আমাকে এড়িয়ে যেতে চাইছেন সেটি তার দৃষ্টিই প্রমাণ করে দিচ্ছিল । একজন আগন্তুকের কাছে বিষয়টি যথার্থ বলে মনে না হলেও আমার মত মানুষের কাছে সেটি যথেষ্ট সাবলীল একটি ক্রিয়ার আওতাতেই পড়ত । একাধিক জায়গায় ঘুরে ঘুরে আমি নিজের অভিজ্ঞতা অর্জন করে ফেলেছিলাম , তাই নজর এড়ানোর বিষয়টি যে আমাকে কেন্দ্র করেই ঘটে চলেছে সেটির বিষয়েও নিশ্চিত হয়ে যেতে পেরেছিলাম । তবুও লোকটি দেখলাম আমাকেই ঘাড় ঘুরিয়ে ঘুরিয়ে দেখছেন । অপরপক্ষে দোকানের একটি কাঠের পাটাতনের উপরে সুসজ্জিত ঘড়িটির দিকেও তিনি হাঁ করে বেশ কিছুক্ষণ তাকিয়ে থাকবার পরেই বলে উঠলেন ,

“ ঘড়িতে চারটে বেজে গেছে বাবু , এখানে আর খুব বেশীক্ষণ হলে এক ঘণ্টা মানুষের শোরগোল দেখতে পাবেন । তারপরেই সবকিছু নিস্তব্ধ হয়ে যাবে । এখানে সন্ধ্যের পরে আর মানুষের শোরগোল নজরে পড়বে না । দেখতে পাচ্ছেন না ঠাণ্ডার প্রকোপটাও বাড়ছে আর সেই সাথে ! “

সেইসাথে কথাটি বলার পরেই সেই দোকানী হঠাৎ চুপ করে গেলেন । ওনার ঐ স্তব্ধতার বিষয়টিও আমি বেশ ভালোভাবেই আন্দাজ করতে পেরেছিলাম । উনি যে এমনি এমনি কেবল কথা প্রসঙ্গেই বিষয়টির আশু অবতারণা করতে চেয়েছেন এমনটা নয় ! উনি কোন কথা বলতে গিয়েও যে বলতে চাননি সেটি আমি সহসাই আন্দাজ করতে পেরে গিয়েছিলাম । ভাবলাম কোথাও না কোথাও আমার কৌতূহলের বিষয়টির উপরেই যদি উনি জোর দেন ! তাহলে হয়ত বিষয়গুলির সাথে আমি খুব সহজেই পরিচয় লাভ করতে পারব । তাই আমিও পিছুপা না হয়ে নিজের কৌতূহলের উপরেই আরও জোর দেওয়ার চেষ্টা করতে লাগলাম । লোকটিকে আবারও বললাম ,

“ দেখুন আমি এখানে কাজের জন্য এসেছি ! তবে যদিও এখনও নিশ্চিতরূপে কিছুই বলতে পারবোনা , কিন্তু কোথাও না কোথাও মনে হচ্ছে কাজটি পেলেও পেয়ে যেতেই পারি ! এখানকার ডাই হিল স্কুলে লাইব্রেরিয়ানের কাজ পেয়েছি । সেই উদ্দেশ্যেই এখানে আসা আরকি ! তবে ঐ

স্কুলে চাকরি পাওয়া তো এতটাও সহজ নয় , নেহাতি লাইব্রেরিয়ান বলে হয়ত আমার যোগ্যতার সাথে বিষয়টি থাপ খেতে পেরেছে নাহলে একজন শিক্ষকরূপে এখানে চাকরির স্বপ্নটি হয়ত আজও অনেকের কাছেই অধরা হয়েই থেকে গিয়েছে ! কি বলুন ? কিছু ভুল বললাম কি ? আচ্ছা আপনি অমনভাবে আমার দিকে তাকিয়ে কি দেখছেন ?”

লোকটির অমন চাউনি আমাকে আরও বেশী করে কৌতূহলসম্বত করে তুলছিল । উনি যে কোন কিছু লক্ষ্য করছেন সেটি তার অমন নজরই প্রমাণ করে দিচ্ছিল । আমি আর কিছুই আন্দাজ করতে পারলাম না । আবারও একই প্রশ্ন করতে যাবো এমন সময় লোকটি ভয়সম্বিত কণ্ঠে আমাকে উদ্দেশ্য করে বলে উঠলেন ,

“যে জায়গার কথা উল্লেখ করেছেন স্যার , যত ভয় তো সেটিকে ঘিরেই ! ওখানে যে আজও তাকে দেখতে পাওয়া যায় , কি ভাবছেন তার আর কোন অস্তিত্ব নেই । সে ওখানে থেকেও গোটা শহরের উপরে নিজের নজর জমিয়ে রেখেছে । এই এলাকাটি জঙ্গলাকীর্ণ । আশেপাশের সমস্ত জায়গাগুলির উপরেই ঐ অশরীরীর নজর রয়েছে । সে সব দেখতে পাচ্ছে ! এমনকি আপনাকেও । যারা এখানে নতুন কাজের সন্ধানে এসেছিলেন তারা কেউই এখান থেকে ফিরে যেতে পারেননি । এই জায়গার একটা পুরনো ইতিহাস রয়েছে স্যার । এখানে যে কেবল একটা খুন হয়েছিল এমনটা নয় , এই জায়গাটিকে ঘিরে একাধিক খুনের ঘটনা ঘটেছিল আর দুর্ভাগ্যজনকভাবে সেগুলি সবই সত্যি । তাই সত্যের থেকে আমরা মুখ ফিরিয়ে নিলেও সত্য জানবেন কোনদিনও কারুর থেকে মুখ ফিরিয়ে নিতে পারেনা । ঐ ভয়ঙ্কর সত্যি তাই আজও এই ঘন জঙ্গলের অন্ধকারের গর্ভে কোথাও না কোথাও নিঃশ্বাস নিচ্ছে ! যেখানে আপনার বা আমার দম বন্ধ হয়ে যেতে পারে সেখানে ঐ সত্যের কোনদিনও দম বন্ধ হয়না । সে নির্দ্বিধায় নিজের অস্তিত্ব নিয়ে টিকে রয়েছে আর থাকবেও । এভাবেই মৃত্যু যজ্ঞ চলতে থাকবে । আপনি বা আমি কেউই একে রোধ করতে পারবোনা । বাঁচতে চান তো এখান থেকে ফিরে যান স্যার , এখান থেকে ফিরে যান । কয়েকদিন ধরেই জঙ্গলের মধ্যে আবারও খুনোখুনির ঘটনা শুরু হয়েছে । এবারে কিন্তু আপনার উপরেও সে নিশানা লাগাতে পারে , সন্ধ্যের পরে ঐ জঙ্গলের মধ্যে দিয়ে খবরদার যাওয়ার চেষ্টা করবেন না এমনকি দিনের বেলাতেও কারণ ঐ জঙ্গলের ভিতরে দিনের বেলাতেও আলোর অনুপ্রবেশ একেবারেই নিষিদ্ধ । বেশ ভালো আঁধার ঘিরে রাখে গোটা ক্ষেত্রটিকে । জানিনা আপনাকে কথাগুলি ঠিকভাবে বোঝাতে পারলাম কিনা ! তবে এটুকুই বলব আপনি আলো থাকতে থাকতেই নিজের গন্তব্যের উদ্দেশ্যে রওনা হয়ে যান । সেটির মধ্যে দিয়েই আপনার ভালো হবে ! “

আমি সেই দোকানিকে উদ্দেশ্য করে বললাম ,

“আমি এদিককার একটি ছোট হোটেল ভাড়া করেছি । আমার আর সে সামর্থ্য কোথায় বলুন ? পাহাড়ের ঢালে বসে বসে হোটেলের বারান্দা থেকে সৌন্দর্য দেখবার ! তবে হ্যা এই চাকরিটা যদি কোনক্রমে লেগে যায় তাহলে আশা করি সেই সৌভাগ্যও হয়েই যাবে । দিন আমাকে এই ফ্লাস্কে বেশ কিছুটা চা ঢেলে দিন তো ! এটা দিয়েই আজকের রাতটা কাটাতে হবে । লেখালেখি করেই না হয় আজকের রাতটা কাটিয়ে ফেলব , কালকে সকালে আমার আবার ইন্টার্ভিউ দিতে যাবার ব্যাপার আছে । সেই কাজটা কোনরকমে ভালোয় ভালোয় মিটে গেলেই হল ! “

লোকটি আমার কথা শুনে সেভাবে কিছুই মন্তব্য করলেন না , ফ্লাস্কের মধ্যে ভর্তি করেই চা ঢেলে দিলেন । এরপরে আমিও আর কুহা না বাড়িয়ে ওনার হাতে টাকা দিয়ে সেখান থেকে নিজের গন্তব্যের দিকে এগিয়ে যেতে লাগলাম । কাছেই ছিল হোটেলটি । হোটেলে ঢুকে সমস্ত দরকারি

কাজকর্ম মিটিয়ে ঘরে গিয়ে উঠলাম। তখন আকাশের অস্তমিত হয়ে যাওয়া লাল সূর্যটির স্বর্ণাভ আভা এসে পড়েছিল ঐ ডাউ হিল স্কুলের ছাদে। সেটি দেখার জন্যই যেন আমি এতক্ষণ অপেক্ষমাণ ছিলাম। ঐ সৌন্দর্যের ব্যাখ্যা দিতে পারার মত ক্ষমতা হয়ত কোন শাব্দিকের কাছেই নেই, তথাপি নিজের চোখে দেখা সেই সৌন্দর্যকে এই খাতায় বেঁধে ফেলার মত স্পর্ধাটুকু না হয় আর নাইবা দেখালাম!

সূর্যের ঐ সোনালি আভা গোটা জায়গাটিকে ধীরে ধীরে ঢেকে ফেলতে লাগল। এরপরেই রাতের চাদরে ঢাকা পরে গেলো গোটা শহর। আনাচে কানাচে যেটুকু নজরে পড়ছিল তার সবটাই ছিল রাস্তার আলো। ঐ আলো আধারির মধ্যেও স্কুলের চূড়াটি আকাশ ভেদ করে একেবারে দণ্ডমান বস্তুর ন্যায় নিজের স্থান চিহ্নিত করে রেখেছিল। আমি ফ্রেস হয়ে ফ্লাস্ক থেকে সামান্য চা ঢেলে চেয়ারটা টেনে বসতে যাবো এমন সময়ে দরজায় টকটক শব্দ হল। সাথে সাথে সেদিকে নজর ঘুরিয়ে দেখলাম একটি লোক এসে দাঁড়িয়েছেন। হুলিয়া দেখে মনে হয়েছিল হোটেল বয়েই হবেন। তিনি আমাকে দেখামাত্রই বলে বসলেন,

"স্যার আগে থেকেই একটি বিষয় সম্পর্কে সাবধান করে দিতে চাই, আপনি দয়া করে রাতের বেলা ঐ জঙ্গলের দিকে একেবারেই যাবেন না! শুনলাম আপনি নাকি আবার কবি মানুষ মানে, মানে আসলে লেখক মানুষ আরকি। ম্যানেজার বাবুর কাছ থেকে এই বিষয়টা সম্পর্কে শুনতে পেলাম। কয়েকদিন ধরেই এখানে এমন এমন সব ঘটনা ঘটে চলেছে যেগুলির কোন বাস্তবিক প্রমাণই খুঁজে পাচ্ছিনা। সেইসাথে খুন খারাবিও হচ্ছে। অনেকেই বলছেন স্থানীয় লোকেরাই নাকি নিজেদের স্বার্থে ভয় দেখানোর জন্য মানুষের সাথে এমনটা করে চলেছেন তবে আমার কথা বিশ্বাস করুণ স্যার এখানে কোন আত্মা আছে। সেইই এইসব করছে। আসলে এই জায়গাটি প্রথম থেকেই হনটেড। তাই আবারও বলে গেলাম স্যার নিজের খেয়াল রাখবেন। এখান থেকে রাতের বেলা কোথাও বেরবেন না। আর আরেকটা কথা, আপনি শুনলাম স্কুলে ইন্টার্ভিউ দিতে এসেছেন? তা আশা করি আপনার চাকরিটা হয়ে যাবে! "

আমি লোকটিকে কোন কথা বলবারই সুযোগ পেলাম না। উনি তার আগেই গড়গড় করে সমস্ত কিছু আমার সামনে তুলে ধরলেন। এর থেকে একটি বিষয় সম্পর্কে নিশ্চিত হয়ে যেতে পেরেছিলাম যে এখানে খবর হাওয়ার ওড়ে, কেবল ছাকনি দিয়ে ছেঁকে নেওয়ার জন্য যতটুকু সময়ের প্রয়োজন হয় ঠিক ততটুকু ব্যয় করে থাকেন মানুষেরা। এবার থেকে মুখ বন্ধ রেখেই যে কাজ করতে হবে সেটি এই আগন্তুকের আচরণই আমাকে যথেষ্ট সাহায্য করে দিয়ে গিয়েছিল। আমিও আর কথা না বাড়িয়ে লোকটির দিকে একগাল হেসে বলেছিলাম,

"বেশ বেশ! আমিও কয়েকজনের কাছ থেকেই এখানে আসতে না আসতেই এই বিষয়টি সম্পর্কে শুনতে পেয়েছি। আমার ঘাড়ে আর কটা মাথা বলুন যে এইসব সোনার পরেও আমি এখন জঙ্গলের দিকে এগোবো? পাগল নাকি? আচ্ছা বেশ, আমি এখানে থাকব আর আশা করি সুরক্ষিত থাকলে আপনার সাথে আবারও দেখা হবে। শুভ রাত্রি! "

লোকটি চলে যেতেই আচমকা একটা হাওয়ার ঝাঁকুনি এসে দরজাটিকে আপনা থেকেই ঠেলে বন্ধ করে দিল। আমার সেদিকে যাওয়ারও আর প্রয়োজন পড়ল না। তাআর আগেই দরজাটি বন্ধ হয়ে যাওয়ার সহসা নিজের মনের মধ্যে আবারও একটা ভয় কাজ করতে শুরু করেছিল। আমি আর কোন কথা না বাড়িয়ে চেয়ারটা টেনে সেখানে বসে পড়লাম। এরপরে ব্যাগ থেকে ডায়েরিটি বার করেই লিখতে শুরু করলাম। কলকাতা থেকে যে অভিজ্ঞতাকে সঙ্গে করে নিয়ে এসেছিলাম

সেটির উপরে ভিত্তি করেই দু একটি পংতি সাজাতে শুরু করেছি এমন সময় মনে হল জঙ্গলের ভিতর থেকে কিরকম সব আওয়াজ আসছে। কখনও মনে হল পেঁচার ডাক আবার কখনও মনে হল কোন মানুষের আর্ত চিৎকারের শব্দ। জায়গাটি যে একেবারেই থকার উপযুক্ত নয় সেটি বেশ ভালোভাবেই আন্দাজ করে ফেলতে পেরেছিলাম কিন্তু ওত রাতে হোটেল পরিবর্তনের সিদ্ধান্ত যে একেবারেই বোকামো হবে সেটি ভাবামাত্রই আবার স্থির হয়ে বসে পড়লাম। এরপরে খসখস শব্দ করতে করতে ডায়েরির পাতার উপরে কলম চলতে শুরু করল। নিজের মনের মত করে একের পর এক শব্দ সাজাতে শুরু করে দিলাম। হঠাৎ এক দমকা হাওয়া ঘরের মধ্যে ভেসে আসতেই শরীরটা কেমন যেন ছেড়ে দিল। মনটাকে লেখার মধ্যে কিছুতেই ব্যাস্ত করে রাখতে পারলাম না। চেয়ার ছেড়ে উঠে পড়লাম। এদিকে ওদিকে তাকালাম। কিন্তু কোনকিছুই সেভাবে নজরে পড়ল না। ভাবলাম হয়ত ভ্রমের ভুল কিন্তু পিছনে ফিরতেই দেখলাম একরাশ ছায়া যেন আমাকে ঘিরে রেখে দিয়েছিল। মনে হচ্ছিল তারা যেন আমাকে কিছু একটা বলতে চাইছে। তাঁদের করুণ আর্তনাদের সুর ভেসে আসছিল। একাধিক কণ্ঠের ধ্বনি একে অপরের সাথে ধাক্কা খেয়ে আবার আমার দিকেই ফিরে আসছিল। আমি কিছুতেই বিষয়টি আন্দাজ করতে পারছিলাম না। ওখানেই যদি বিষয়টা সমাপ্ত হয়ে যেত তাহলে আমার থেকে বেশী খুশি আর কেউই হতনা, কিন্তু এরপরেও মনে হল কেউ যেন আমাকে সজোরে ধাক্কা মারল। আমার পিঠের দিকে কারুর হাতের স্পর্শ স্পষ্ট অনুভব করতে পারলাম। দেওয়ালে গিয়ে ধাক্কা খেয়েই পিছনের দিকে তাকিয়ে বললাম,

"কে কে ওখানে? এখানে কি কেউ আছেন? সাড়া দিন! কেউ কি আছেন?"

গোটা ঘরের মধ্যে এক অদ্ভুত নিস্তব্ধতা বিরাজ করতে লাগল। দরজার কাছে লাগানো চাইনিজ বেলগুলি বাতাসের স্পর্শে মৃদুভাবে দুলতে শুরু করল। সেই আওয়াজটা স্পষ্টত শুনতে পেলাম। ঘরের মধ্যে যে কেউ রয়েছেন, তার উপস্থিতিটুকু স্পষ্ট টের পাচ্ছিলাম তবে কাউকেই দেখতে পাচ্ছিলাম না। দেওয়ালের দিকে চোখ পড়তেই মনে হল কারা যেন সজোরে হেসে উঠল। তারা আমাকেই উদ্দেশ্য করে বলে চলল কিছু কথা,

"এখানে এক মুহূর্তও থেকনা, আমরা কেউ জীবিত নেই। আমাদের সকলকে শেষ করে ফেলেছে সে। এবার কিন্তু তোমাকেও! সে তোমাকে দেখেছে! হ্যা তোমাকেই বলছি! তার চোখকে ফাঁকি দিয়ে পালানো সহজ নয়! পালাও, পালাও। এখনও যদি নিজের জীবন প্রিয় হয়ে থাকে পালিয়ে যাও! পালিয়ে যাও ......"

শব্দগুলি দ্রুততার সাথে আমার দিকে ধেয়ে আসতে আসতে কোথায় যেন মিলিয়ে গেলো! এরপরে আর তাঁদেরকে খুঁজে পেলাম না। ভেবেছিলাম সেগুলি হয়ত আমাকে লক্ষ্য করেই এগিয়ে আসতে আসছিল কিন্তু বাতাসের মৃদু আন্দোলন আর অন্ধকারের আভাস সবকিছুকেই একনিমিশে নিজের গর্ভে শায়িত করে দিল। এই প্রণালী যে তাঁদের অনেকদিনের চেনা, জানা। খুব সহজেই তারা এই প্রণালীর দ্বারা নিজেদের প্রভাবকে স্বকীয় রূপ প্রদান করতে পারে। অন্ধকারের সাথে এই জন্যই চিরকাল আমার একটা বৈরিতা কাজ করেই চলত! আলোতে যা স্পষ্টভাবে চোখে পড়ে, অন্ধকারে তাকে কোনদিনও খুঁজে পাওয়া যায়না। আমার সারা শরীর দরদর করে ঘামতে শুরু করেছিল। ঐ ঠাণ্ডার মধ্যেও কিভাবে এমন কুলকুলিয়ে ঘাম হতে পারে, তা একমাত্র আমিই সেদিন আন্দাজ করতে পেরেছিলাম। সেদিন আরও একটি বিষয় সম্পর্কে অবগত হতে পেরেছিলাম আর তা ছিল মৃত্যুকে সামনে দেখার ভয়। আমার চোখের সামনে যা ছিল সেগুলির আসল অস্তিত্বের বিষয়টা তখনও আমার কাছে ধোঁয়াশাই থেকে গিয়েছিল! তারা আদপে আমার ঘরে

কেন এসেছিলেন ? কি ছিল তাঁদের প্রকৃত উদ্দেশ্য ? এসব সব অলীক কল্পনা হিসাবেই থেকে যেত যদিনা আগামী সময়ে ঐ ভয়ঙ্কর দুর্ঘটনাগুলির আভাস পেতাম। ছায়াদের বলে যাওয়া কথাগুলি যে সত্য প্রমাণিত হবে, তা আগামী আরও ভয়াবহতার মধ্যে দিয়ে আমার সামনে তুলে ধরেছিল।

সেদিন রাতটা ঐভাবেই ঘরের এক কোণে বসে কাটিয়ে দিয়েছিলাম। বারান্দা দিয়ে ভেসে আসা দমকা হাওয়ার রেশটা কিছু একটা বলে যেতে চাইছিল। প্রতিটি মুহূর্তে সেই ভয়াবহতার আচ্ছাধন আমাকে ঘিরে ফেলতে চাইছিল, সেদিকে না তাকিয়ে কোনরকমে নিজেকে সামলে রাখবার চেষ্টা করে চললাম গোটা রাত। সকালের সূর্য উদয়ের খবরটা পেলাম দরজায় ঠকঠক শব্দ শোনার মধ্যে দিয়ে! সেদিন রাতের ঐ ভয়ঙ্কর প্রহেলিকাকে কাটিয়ে উঠতে না উঠতেই কখন যে ভোর হয়ে গিয়েছিল জানতেও পারিনি। মনে হয়েছিল এগুলি সবই হয়ত স্বপ্নের অংশীদার মাত্র। কিন্তু দরজার ঐ শব্দটি কানে আসতেই নিজেকে ধরে রাখতে পারলাম না। দরজার দিকে ক্ষণিকের জন্য এগিয়ে গিয়ে বললাম,

"বাইরে কে ? কে আছেন ? এত সকালে কে এসেছেন ?"

আমার কম্পিত স্বরটাই পূর্ব রাতের আভাসের কথা স্পষ্ট টের পাইয়ে দিয়ে যাচ্ছিল। গতরাতে আমাকে যে পরিস্থিতির মধ্যে পড়তে হয়েছিল সেটি যে কোন সাধারণ বিষয় ছিলনা এটি হয়ত বাইরে থাকা লোকটি খুব সহজেই ধারণা করে ফেলতে পেরেছিলেন। তিনি সহসা আমার প্রত্যুত্তরে জানালেন,

"আজ্ঞে, স্যার, কিছু হয়েছে ? আপনি কি ঠিক আছেন ? দরজাটা খুলুন স্যার। আপনার জন্য চা নিয়ে এসেছিলাম। সকাল সকাল চা খেলে দেখবেন মনটা প্রফুল্ল হয়ে যাবে। এসব বাজে চিন্তা আর আসবেনা। "

লোকটির কথা শুনেই আমার মাথা গরম হয়ে গেলো। আমার মাথায় ভালো, খারাপ যা চিন্তাই আসুক না কেন তাতে ওনার কি ? আর তাছাড়া আমি যে অস্বস্তির মধ্যে রয়েছি, এই লোকটি সেটি আন্দাজ করতে পারলেনই বা কিকরে ? বিষয়টি নিয়ে আর না ভেবেই দরজাটা খুলে দিলাম। একগাল হাসি নিয়ে লোকটি তড়তড় করে আমার ঘরে ঢুকে এলেন। এরপরে খুব সামান্য সময়ের মধ্যেই টেবিলের উপরে রাখা সরঞ্জাম সহযোগে আমাকে এক আপ চা হাতে ধরিয়ে দিয়ে বললেন,

"জানি আপনার মাথায় এখন কি ঘুরছে ?"

লোকটির চালচলন খুব একটা স্বাভাবিক মনে হলনা। সাথে সাথে পাল্টা প্রশ্ন করে বসলাম,

"আমার মাথায় কি ঘুরছে এই বিষয়ে আপনার এতো কৌতূহল কিসের ?"

লোকটি এরপরে বললেন,

"আরে স্যার ! যে ঘরটি আপনাকে দেওয়া হয়েছে সেটি আজকের নাকি ? কি ভেবেছেন এই হোটেল আজকের তৈরি ? আরে না স্যার, এ বহুকাল আগের হোটেল, একেবারে ইংরেজ আমল বলতে পারেন। সেই থেকে এখানে কিছু না কিছু ঘটেই চলেছিল। এছাড়াও এই ঘরটির একটা বদনামও রয়েছে, শুনেছি এখানে নাকি অনেকেই আত্মহত্যা করেছিলেন। সেই থেকে এই ঘরটির বিষয়ে নানান খবর বাতাসে ভেসে বেড়ায়। তবে সকলেই যে সেসব গুজবে বিশ্বাস করেন এমনটা নয়। একে তো বাইরে সেই গলা কাটার খিদে কমতেই চায়না, একের পর এক মানুষকে শেষ করেও তার তৃষ্ণা বিরাম নেয়না তারপরে আবার কারশিয়াং এর এইসব হোটেল ! কি যে আছে এইসব জায়গায় কেউ খুলে বলতে পারবে না স্যার ! তবে আপনি এই ঘরটা খালি করে দিন। অন্য কোথাও গিয়ে থাকার ব্যবস্থা করুণ, দেখবেন ঠিক লাগবে। আগে তো এখানে যারাই এসে

থাকতেন সকাল বেলা থেকেই আর্তনাদ করতে শুরু করে দিতেন। নীচে ম্যানেজারের কাছে গিয়ে রাতে হওয়া ঘটনাগুলির বিবরণ দিতে শুরু করতেন। কিন্তু আপনি তা না করলেও দরজা খোলার বিলম্ব দেখেই আমি কোন একটি বিপদের আশঙ্কা করে ফেলেছিলাম বৈকি ! সেই থেকেই বলতে পারেন এতগুলো কথা বলে আপনাকে খামোখা বিব্রত করে ফেললাম । যাক এসব নিয়ে আর ভাববেন না ! আপনি যে সুস্থ সবল আছেন দেখে ভালো লাগছে । আমি আসলে কালকে এখানে ছিলাম না । সন্ধ্যের পরেই আমি এখান থেকে চলে যাই । আসলে ঐ জঙ্গলের পথ পেরিয়ে যেতে হয়ত ফলে আরও ভয় করে। গাছের পাতার খসখস শব্দের পাশাপাশি রাতে ঝিঁঝির ডাকের শব্দ কতটা ভয়ঙ্কর হতে পারে কোন খেয়াল আছে কি ? হাহাহাহাহা , সেসবের খোঁজ না হয় একদিন আপনাকে দেব। সঙ্গে করে নিয়ে যাবো ! কি বলেন?”

লোকটির ঐ বিকট হাসির শব্দের মধ্যে দিয়ে এক দমিত হয়ে থাকা ভয়ের আভাস ভেসে আসছিল। লোকটি আমার অবস্থার কথা এতো সহজে বলে দিতে পারেন এই বিষয়টি নিয়ে আমার সংশয় কিছুতেই কমতে চাইছিল না। আমি কি করব সেটা আন্দাজ করতে না পেরেই বললাম ,

“দেখুন , সব ঠিক আছে। আমার আপনার সাহায্যের প্রয়োজন নেই। আমি নিজেকে সামলে রাখতে পারব। আর রইল বাকি এই ঘরের বিষয়টা সেটা আমি ফ্রেশ হয়ে নীচে গিয়ে ম্যানেজার বাবুর সাথে কথা বলে নেবো। অনেক ধন্যবাদ আপনাকে।“

লোকটি বুঝতে পারছিলেন আমি তার কথাগুলি শেষ হওয়ার পূর্বেই তার মুখের উপরে দরজা খানা বন্ধ করে দিতে চলেছি। তিনি যেতে যেতে বাকি কথা শেষ করবার আগেই বললেন ,

“আরে শুনুন , আরে ও স্যার , শুনুন , এভাবে আমাকে বার করে দেবেন না। শুনছেন ! “

কথাটি দরজা বন্ধ করার শব্দের সাথে সাথেই কোথাও হারিয়ে গেলো । কি মনে হল দরজাটা খুলতেই লোকটিকে আর সেখানে দেখতে পেলাম না। বুকের ভিতরটা ধরাস করে উঠল। বিষয়টা ভাবতে ভাবতেই হঠাৎ একটা হোটেল বয় আবার অচিরেই আমার সম্মুখে এসে উপস্থিত হয়ে গেলেন। তাকে দেখেই আমি প্রচণ্ড ভয় পেয়ে গিয়ে বললাম ,

“আবার আপনি চা নিয়ে এসেছেন ? এই তো কিছুক্ষণ আগেই একটা লোক এখানে এসে চা দিয়ে গেলেন , সাথে এমন এমন কিছু কথা বলে গেলেন যা শুনেই সকাল সকাল আমার মাথাটাই গরম হয়ে গেলো ? আর চায়ের প্রয়োজন নেই। আপনি আসতে পারেন।“

লোকটি আমার কথা শুনে অবাক হয়ে গেলেন। এরপরে বললেন ,

“আমাদের এখানে সকাল সাতটার আগে তো কেউই কোন রুমে চা দিতে যাননা। আপনার বোধহয় কোথাও ভুল হচ্ছে স্যার ! “

লোকটিকে ঘরে নিয়ে এসে বললাম ,

“এই দেখুন টেবিলের উপরে চায়ের কাপটা এখনও পড়ে রয়েছে ! “

লোকটির মুখের দিকে তাকিয়ে কথাগুলো বলেতে বলতে লক্ষ্য করলাম লোকটি এক দৃষ্টিতে টেবিলের দিকে চেয়ে রয়েছেন। উনি কি দেখছেন এটি দেখামাত্রই আমি টেবিলের দিকে তাকাতেই দেখলাম একটা পুরনো খবরের কাগজ পড়ে রয়েছে। সেখানে একটি লোকের ছবি দেখতে পেলাম । লোকটি দেখলাম সেই ছিবিটির দিকে তাকিয়ে হাঁ হাঁ করে নিঃশ্বাস নিচ্ছেন। সেখানে ঐ খবরের কাগজটি ব্যাতিত আর কিছুই ছিলনা । সেই চায়ের কাপ আর বাদবাকি সরঞ্জাম যেগুলি ঐ লোকটি আমার টেবিলের উপরেই ফেলে রেখে চলে গিয়েছিলেন , সেগুলির আর কোন অস্তিত্বই খুঁজে পেলাম না । উপরুন্ত আমার সামনে দাঁড়িয়ে থাকা ঐ লোকটির অমন চোখের চাউনি

আমার হৃতস্পন্দনের তীব্রতাকে আরও বাড়িয়ে তুলল। লোকটি আমার মুখের দিকে তাকিয়ে সমস্ত সরঞ্জাম আমার ঘরের মধ্যে ফেলে রেখেই দৌড় লাগালেন। তার হাতে থাকা সমস্ত কাঁচের জিনিসগুলি আমার চোখের সামনে ভেঙে একেবারে চুরমার হয়ে গেলো। আমি কিছুই বুঝে উঠতে পারলাম না। খবরের কাগজটা মুখের কাছে ধরতেই দেখলাম সেই লোকটির মুখ। যিনি অদ্ভুতভাবেই আমার চোখের পলক পড়ার আগেই গায়েব হয়ে গিয়েছিলেন। সেখানে লেখা আছে দেখলাম,

"সের সিং শেখাওত। ওনার দেহটিকে প্রায় দশ বছর আগে পুলিশ এই ঘর থেকেই উদ্ধার করেছিলেন। এই ঘরের সিলিং এর সাথে দড়ি ঝুলিয়ে আত্মহত্যা করেছিলেন তিনি। "

বিষয়টি দেখার সাথে সাথেই আমার সারা শরীর বেয়ে হিমেল রক্তের স্রোত বয়ে গেলো। লোকটির বলে যাওয়া কথাগুলি একে একে মনের মধ্যে আবির্ভূত হতে শুরু করেছিল। আমি কোনকিছু না ভেবেই সেখান থেকে কোনরকমে নিজের সমস্ত দরকারি জিনিসপত্র নিয়ে একেবারে তড়তড় করে সিঁড়ি পেরিয়ে নীচে রিসেপশনে এসে উপস্থিত হলাম। আমাকে হাফাতে দেখেই ম্যানেজার বাবু বললেন,

"কি হয়েছে স্যার? "

আমি কোন কথা বাড়াতে চাইলাম না। ম্যানেজার বাবুর দিকে তাকিয়ে বললাম,

"এই রইল একরাতের ভাড়া। আপনি চাইলে আজকের টাকাটাও নিয়ে নিতে পারেন। আমি আজকে, এই মুহূর্তে হোটেল ছেড়ে চলে যেতে চাই।"

উনি অনেকভাবেই আমার উদ্রেকের কথা জানতে চেয়েছিলেন, তবে আমি একটি বাক্যও ব্যয় করতে চাইনি। কাগজে ছাপা ঐ অক্ষরগুলিই সেদিন আমার চোখের সামনে ফুটে উঠছিল। এক বা একাধিক প্রেতাত্মার উপস্থিতির কথা আগে কোনদিনও বিশ্বাস করতাম না। তবে ঐ শহরে যে পরলে পরলে এমন অবাস্তব জিনিস মিশে রয়েছে, তাঁদের খোঁজ পাওয়ার অভিঘাতটিকে যে আগামীতে সহ্য করতে হবে, এসব ভেবেই টাকা মিটিয়ে হোটেল থেকে বেড়িয়ে পড়লাম। ঘড়ির দিকে তাকাতেই দেখলাম প্রায় নটা বেজে গিয়েছে। মনে পড়ল এগারোটা থেকে ইন্টার্ভিউ রয়েছে। দ্রুত পা চালিয়ে অন্য হোটেলে গিয়ে উঠলাম। তবে এই হোটেলটি ছিল একেবারে স্কুলের গা লাগোয়া। বেশ ভালো জায়গাতেই ঘর পেয়ে গেলাম। একতলার একদিকের একটি ছোট্ট ঘরে গিয়ে উঠলাম। এমনিতেই পাহাড়ের উপরে সমস্ত জিনিসেরই আপেক্ষিকভাবে মূল্য কিছুটা বেশীই থাকে। শহর থেকে জিনিসপত্র নিয়ে আসতে হয় বলে ট্যাক্স এর পরিমাণটাও বেশীই থাকে। সেসব কথা মাথায় রেখেই বেশ কিছু টাকা সঙ্গে করে নিয়ে এসেছিলাম। সেগুলি যে এইভাবে কাজে লেগে যাবে ভাবতেও পারিনি। হোটেলে ফ্রেশ হয়ে স্কুলের উদ্দেশ্যে রওনা হয়ে গেলাম। সেদিন একেবারে সময়ের ঘড়ি ধরেই পৌঁছে গিয়েছিলাম। জায়গাটিতে পৌঁছানোর সাথে সাথেই দেখলাম একে একে ইন্টার্ভিউয়ের জন্য সকলেই প্রস্তুতি নিচ্ছেন। অনেকেই বইয়ের মধ্যে মুখ গুঁজে হাজারও উত্তর খুঁজে বার করতে চাইছিলাম, যাকে বলা হয় শেষ সময়ের প্রস্তুতি। সেই ফাঁকে ব্যাগটা একজনের কাছে রেখে আমি স্কুলের আশপাশটা একটু ঘুরে দেখার জন্য বেড়িয়ে পড়লাম। এদিকে ওদিকে দেখে সামনে নজর পড়তেই থমকে দাঁড়ালাম। দেখলাম স্কুলের পিছনের দিক দিয়ে জঙ্গলের দিকে এক লম্বা রাস্তা চলে গিয়েছে। ঠিক সেই সময়েই একটি হাতের স্পর্শ পেতেই একেবারে চমকে উঠলাম। দেখলাম কাঁচা পাকা দাড়ি সন্নিহিত কোর্ট প্যান্টে সুসজ্জিত এক ভদ্রলোক আমার সম্মুখে এসে দাঁড়িয়েছেন। আমি কিছু বলার আগেই উনি আমাকে উদ্দেশ্য করে বলে উঠলেন,

"আমি আপনাকে চিনি। আমি এই স্কুলের প্রিন্সিপ্যাল।আমিই আপনার প্রোফাইলটিকে সিলেক্ট করেছিলাম। আপনার সম্বন্ধে তাই নতুন করে আর কোন ইনট্রডাকশনের প্রয়োজন নেই আমার। তা আপনার কি ইন্টার্ভিউ দেওয়া হয়ে গিয়েছে?"

আমি প্রিন্সিপ্যালের দিকে তাকিয়ে বললাম,

"না, না স্যার। আসলে আমার আগেও একাধিক ক্যান্ডিডেট রয়েছেন। তাই সেই সুযোগে আমি একটু স্কুলের আশেপাশের কিছু জায়গা ঘুরে দেখছিলাম আরকি! "

প্রিন্সিপ্যাল সাহেব আমার দিকে মৃদু হেসে বললেন,

"এতো কৌতূহল কিন্তু ভালো নয় রক্তিম। বাঈ দি ওয়ে, আমার নাম রিচার্ড। আমি জাতে খ্রিস্টান। তবে আধো আধো বাংলাও একটু আধটু বুঝতে পারি বৈকি! তা আপনি কি দেখছিলেন?"

আমি ইতিস্তভাবে বললাম,

"না আসলে এই জায়গাটির ইতিহাসের কথা তো কমবেশি সকলেই জানেন! এখানকার ভৌতিক কাহিনীগুলি ইউ টিউবে দেখেছি। তবে এখানে যে ইন্টার্ভিউ দিতে আসতে পারব সেটা কস্মিনকালেও ভাবিনি। আসলে এতো বড় একটি স্কুলে চাকরি পাওয়া কি সহজ কথা? এর জন্য যোগ্যতার প্রয়োজন হয়ে থাকে। তবে আমি অনেকটাই খুশি। এখানকার মানুষের শিক্ষা ওঁ মূল্যবোধ আমার মনকে স্পর্শ করেছে। আমি আসলে ঐ জঙ্গলের দিকটায় তাকিয়ে ছিলাম। এটাই তো সেই বিখ্যাত হনটেড জঙ্গল ডাউ হিল রাইট? "

প্রিন্সিপ্যাল সাহেব আমার দিকে তাকিয়ে বললেন,

"হ্যা ঠিকই বলেছেন, তবে এখানে একের পর এক এমন এমন সমস্ত ঘটনা ঘটে চলেছে কি বলব? এখানকার ঘটনাগুলি পূর্বের সেই খুনি ইতিহাসকে আবারও মানুষের সামনে নিয়ে আসছে আর আমরা প্রত্যেকেই সেগুলি নিয়ে সন্ত্রস্ত হয়ে পড়ছি। এখন কিছুতেই বুঝতে পারছিনা এসব খুনের পিছনে কে রয়েছে। কিছুদিনের মধ্যেই আমাদের স্কুলে একটি বিশেষ প্যারানরমাল ইনভেস্টিগেশন এর টিমের আসার কথা আছে। তারা এখানে এসে জদি কিছু খুঁজে পান সেটির উপরে ভিত্তি করেই স্থানীয় পুলিশকে তদন্ত চালানোর জন্য অনুরোধ করা হবে। এখন দেখা যাক কি হয়? ওকে, বেস্ট অফ লাক। আপনি পরীক্ষা দিন। ভালো হোক আপনার পরীক্ষা, তেমনটাই প্রার্থনা করি। আসলাম। পরে দেখা হবে। "

প্রিন্সিপ্যাল স্যার চলে গেলেন। আমিও ধীরে ধীরে হাঁটতে হাঁটতে আবারও ইন্টার্ভিউ হলের বাইরে এসে উপস্থিত হলাম। দেখলাম আমার আগের জন চলে গিয়েছেন। আর কিছুক্ষণ দেরী হলেই সর্বনাশ হয়ে যেত এই ভেবে আঁতকে উঠলাম। ঠিক সেইসময়েই মনে হল, যদি কোনভাবে এখানের চাকরিটা হয়ে যায় তাহলে ঐ ইনভেস্টিগেশন টিমের সাথে আমিও এই রহস্যের সমাধানে বেরোতে পারব। কাগজে আমারও নাম ছাপা হবে। উফফ কি দারুন একসাইটমেনট লাগছিল সেদিন। ভাবতে ভাবতেই আমার কল এলো। ঈশ্বরকে স্মরণ করে ইন্টার্ভিউ দিতে ঢুকলাম।

ইন্টার্ভিউ হলে ঢোকামাত্রই গাটা ছমছম করে উঠল। মনে হল ওখানে আমি ছাড়াও এমন কারুর উপস্থিতি রয়েছে যে সবার অলক্ষ্যে আমার উপরে লক্ষ্য রেখে চলেছে। আমাকে অমন ইতস্তত দেখামাত্রই সামনে বসে থাকা লোকটি বলে উঠলেন,

"আপনাকে এমন অস্থির দেখাচ্ছে কেন? আরে মশাই ভূত দেখেছেন নাকি?"

লোকটির মুখে কথাটি শোনামাত্রই একটা দমকা বাতাস আমার কানের পাশ ঘেঁষে কোথাও একটা গায়েব হয়ে গেলো । কোন কিছু যে বহুক্ষণ ধরেই আমার উপরে নজর রেখে চলেছে সেটি বেশ ভালোভাবেই বুঝতে পারলাম । আমি কোনরকমে পরিস্থিতি সামলে সামনে বসে থাকা লোকটিকে বলে উঠলাম ,

"না , না স্যার , আমি একেবারেই ঠিক আছি । আসলে মাঝে মাঝে আমি কেমন হয়ে যাচ্ছি । ঠিক বুঝে উঠতে পারছিনা এর পিছনে কোন কারণ লুকিয়ে আছে ? এখানে আসার পর থেকেই আমার এই সমস্যাখানা হয়েই চলেছে ! "

লোকটি বেশ কিছুক্ষণ আমার মুখের দিকে একদৃষ্টিতে তাকিয়ে রইলেন তারপরে আমাকে উদ্দেশ্য করে বললেন ,

"এসব নিয়ে না হয় পরেই ভেবে দেখবেন ! আগে তো পরীক্ষাটা ঠিক করে দিন , নাকি সেটা দেওয়ারও ইচ্ছে নেই । আজকে এখানে যারাই আসছে তারাই এতো অদ্ভুত আচরণ করছেন কেন বুঝতে পারছিনা ! যাক আসুন এদিকে ।"

এগিয়ে যেতেই দেখলাম ওখানে আরও চারজন বসে রয়েছেন । কাগজে কি সব লেখালেখি করছেন । এরপরে তাঁদের মধ্যে থেকেই একজন আমার দিকে প্রশ্ন ছুঁড়ে দিলেন । আমি একাধিক প্রশ্নের জবাব দিতে শুরু করলাম । তারাও একে একে আমায় প্রশ্নের বাণে বিদ্ধ করতে শুরু করে দিলেন । আমি নিজের ছন্দে সেগুলির মীমাংসা করতে লাগলাম । বিষয়টা বেশ ভালো দিকেই যাচ্ছিল , এমনসময় তাঁদের মধ্যে থেকেই একজন আমাকে উদ্দেশ্য করে বলে উঠলেন ,

"বাহ , আপনি তো দেখছি বেশ পড়াশোনা করেই এসেছেন । আজকে এতগুলো প্রশ্নের উত্তর দেওয়ার মত হিম্মত অনেকেই দেখাননি , সেখানে আপনি যেভাবে প্রশ্নের সাথে মোকাবিলা করে চললেন , দেখে দুর্দান্ত ভালো লাগলো । কিছুদিনের মধ্যেই রেজাল্ট আউট হবে । ততদিন আপনি এখানেই থাকুন আর হ্যা প্রিন্সিপ্যালের সাথে যোগাযোগ রাখবেন । আপনি যদি নির্বাচিত হন তাহলে বাদবাকি ডিটেলস উনিই আপনার কাছে পাঠিয়ে দেবেন । চিন্তা নেই ! "

আমি সেদিন বেশ আনন্দিত চিত্তেই পরীক্ষার হল থেকে বেড়িয়ে এসেছিলাম । করিডোর দিয়ে হাঁটতে হাঁটতে হঠাৎ সামনের দিকে নজর পড়তেই দেখলাম প্রিন্সিপ্যাল স্যার সেখানে দাঁড়িয়ে রয়েছেন । উনি আমাকে লক্ষ্য করে বললেন ,

"আপনাকে দেখে তো মনে হচ্ছে পরীক্ষা বেশ ভালোই হয়েছে কি বলুন ?"

লোকটির কথাগুলি শুনে সেদিন বেজায় হাসি পেয়েছিল এরপরে তাকে উদ্দেশ্য করে বলেছিলাম ,

"সে বিষয়টা না হয় আপনাদের কমিটির উপরেই ছাড়লাম স্যার তবে একটা কথা বলে যেতে চাই , এই চাকরিটা আমি শুধুমাত্র আমার সখ পূরণের জন্য করবোনা । এই জায়গাটিকে আমার খুবই ভালো লাগে । এই জায়গাটির সম্পর্কে মনের মধ্যে একাধিক কৌতূহল দানা বেঁধে থাকে । তাই এই জায়গাটিতে এসে থাকতে পারলে আমার থেকে সুখী এই দুনিয়ায় কেউ হবেনা । এমনিতেই আমি অনাথ , সাত কুলে কেউ নেই তবে এডভেঞ্চার আমার বরাবরই ভালো লাগে । আর এই জায়গাটির সাথে সেরকমই একটি গন্ধ মিশে রয়েছে । তাই সুযোগ পেলে মন্দ হবেনা।"

প্রিন্সিপ্যাল সেদিন আমার কথা শুনে হোহো করে হেসে উঠেছিলেন । এরপরে আমাকে উদ্দেশ্য করে বলেছিলেন ,

"আনেক সময় আমরা যা চাই তা হয়ত আগে থেকেই নির্ধারিত থাকে , আবার অনেকসময় হাজার চাইবার পরেও সেটি প্রাপ্তির সুযোগ ঘটেনা । হাজার চেষ্টার পরেও সেটি কোনদিনও নিজের কাছে নিয়ে আসতে পারিনা , কেন জানেন? কারণ সেটি আগে থেকে নির্ধারিত থাকেনা । ভাগ্য একটা বড় বিষয় । যাক আপনার সাথে আবারও সাক্ষাতের সুযোগ হয়ে গেলো । আপনি কি কাছে পিঠেই কোথাও উঠেছেন ?"

আমি বললাম ,

"হ্যা , এই পাশেই একটি হোটেলে উঠেছি । "

প্রিন্সিপ্যাল আমাকে উদ্দেশ্য করে বললেন ,

"বেশ , ভালোই হল । আমিও পাশেই থাকি । নিজস্ব বাড়ি আছে । এখানেই সেটেল হয়ে গিয়েছিলাম । এখান থেকে আর অন্যত্র কোথাও যাওয়ার প্রয়োজন পড়েনি । আমার স্ত্রী আজ পাঁচ বছর গত হয়েছেন । আমার একটি মেয়ে আছে , সেও বিদেশে নিজের স্বামী নিয়ে দিব্যি সংসার করছে । মাঝে মাঝে এই বুড়ো বাবাকে দেখবার জন্য এখানে আসে আরকি । তাই ঐ বড় বাড়িটায় একাই থাকি । যদি কোনদিন মনে হয় চলে আসবেন । আরেকটা কথা , পরীক্ষার রেজাল্ট আউট খুব তাড়াতাড়িই হবে । ততদিন এখানেই থাকবেন । আবার দেখা হবে । ধন্যবাদ। "

কথাগুলি বলেই প্রিন্সিপ্যাল স্যার ঐ জায়গাটি থেকে প্রস্থান করে গেলেন । আমিও মনের সুখে স্কুল থেকে বেড়িয়ে হোটেলের দিকে এগোতে শুরু করলাম । হোটেলে প্রবেশ করেই দেখলাম জায়গাটা বেশ গমগম করছে । আগের হোটেলের থেকে এই জায়গাটিতে লোকসংখ্যা অপেক্ষাকৃত বেশী থাকায় ভয়ের উদ্রেক ঘটছিল না । তবে আশেপাশের পরিবেশটা আগেরবারের মতই বেশ নির্জন ছিল । আমি নিজের ঘরে গিয়ে বসলাম । বাইরে তাকাতেই দেখলাম সন্ধ্যে হয়ে আসছে । ঐ অঞ্চলে সন্ধ্যে নেমে আসার বিষয়টির সাথে যেন আমার কিছুটা বৈরিতা তৈরি হয়ে গিয়েছিল । সর্বদাই মনে হত কিছু একটা যেন জঙ্গলের মধ্যে থেকে আমাকে লক্ষ্য করছে । আমাকে কিছু একটা বলতে চাইছে । এমন সময় হঠাৎ নীচের করিডোর থেকে একটা চিৎকারের শব্দ কানে ভেসে আসতেই আমি তড়তড় করে সিঁড়ি দিয়ে নেবে একেবারে রিসেপসনের কাছে গিয়ে উপস্থিত হলাম । দেখলাম দুটো লোক একে অপরের মুখের দিকে তাকিয়ে রয়েছেন । তাঁদের অমন অবস্থা দেখে হোটেলে উপস্থিত বাকি সদস্যরাও ঘাবড়ে গিয়েছেন । আমি তাঁদেরকে উদ্দেশ্য করেই জিজ্ঞাসা করলাম ,

"কি হয়েছে দয়া করে একটু খুলে বলবেন কি ? আমিতো কিছুই বুঝতে পারছিনা ! "

ওদের মধ্যে থেকেই একজন আমাকে উদ্দেশ্য করে বললেন ,

"আর কি বলব সাহেব ! কি বলব বলুন তো ? এখানে এই ঘটনা কেন ঘটে চলেছে কিছুই তো বুঝতে পারছিনা । এই খুনগুলি কে করছে ? কি উদ্দেশ্য নিয়ে করছে ? উফফ বিশ্বাস করুন আমার কাছে এই সমস্যার সমাধান থাকলে আজই বেটাকে পুলিশে ধরিয়ে দিতাম । মনে হচ্ছে পুরনো ঘটনাকে নতুন করে মানুষের সামনে তুলে ধরে এই আতঙ্কের বিষয়টির পুনঃজাগরণ ঘটাতে চাইছে কেউ । আর কিচ্ছু না । "

বিষয়টা জানামাত্রই আমিও চমকে উঠে জিজ্ঞাসা করলাম ,

"কেন কি হয়েছে কি ?"

লোকটি বললেন ,

"আজকেই ঐ জঙ্গলের পাশে একটি ডোবার কাছে আমাদের হোটেলের ম্যানেজারের গলা কাটা লাশ পাওয়া গিয়েছে। লোকটি দুদিন ধরে গায়েব ছিলেন। কিন্তু আমাদের এতো কাছেই যে ওনার অবস্থান ছিল সেটা আমাদের কেউই টের পায়নি। তবে কয়েকদিন ধরেই ম্যানেজার বাবুর চোখমুখের অবস্থা একেবারেই ভালো ঠেকছিল না। আমরাও এর কারণ অনুমান করতে পারছিলাম না, তারপরেই একদিন উনি হঠাৎ কর্পূরের মত গায়েব হয়ে গেলেন। আর আজকেই দেখুন ওনার লাশ পাওয়া গিয়েছে। জঙ্গলের ভিতরের এই আতঙ্ক দিনপ্রতিদিন বেড়েই চলেছে। আমার তো মনে হচ্ছে বিষয়টা কোন অলৌকিক রহস্যের সাথেই যুক্ত হয়ে রয়েছে। এতো সহজে এটির নিষ্পত্তি সম্ভব নয়। যে বা যারা এগুলিকে কোন সাধারণ ঘটনার সাথে তুলনা করতে চাইছেন, আমি বলব তারা প্রত্যেকেই ভুল করছেন। আপনিও এই হোটেল থেকে চলে যান সাহেব।"

আমি আর কথা না বাড়িয়ে ঘরে চলে এসেছিলাম। পরে ঐ ম্যানেজারের লাশটিকে হোটেলে নিয়ে আসা হয়েছিল ঠিকই তবে আমি দেখতে যাইনি। সাহস হয়নি। ওরা হোটেল ছেড়ে দেওয়ার কথা বললেও আমি নিজের মনকে মানিয়ে ওখানেই থেকে গিয়েছিলাম। আসলে রেজাল্টের পূর্ব মুহূর্ত পর্যন্ত প্রিন্সিপ্যাল সহ স্কুলের লোকজন কাছাকাছিই থাকবার কথা জানিয়েছিলেন আর সেইসাথে পরীক্ষাও বেশ ভালোভাবেই হয়ে যাওয়ার আমার মনের মধ্যে থেকে দুশ্চিন্তার মেঘটাও সরে গিয়েছিল।

এভাবে আরও পাঁচদিন অতিবাহিত হয়ে গেলো। হোটেলের ঘরে বসেই কাটিয়ে দিলাম। বাইরের পরিস্থিতির সাথে মোকাবিলা করবার মত সাহস ছিলনা ফলে আমিও অযাচিতভাবে সেই সময়টিকে নিজের ব্যাক্তিগত কাজে ব্যয় করাতেই বেশী স্বচ্ছন্দ অনুভব করেছিলাম। ছয় দিনের মাথায় হঠাৎ প্রিন্সিপ্যাল স্যার এর ডাক পড়ল। দেখলাম হোটেলের ঠিকানায় একটি চিঠি এসেছে। রিসেপশন থেকে চিঠিটি কালেক্ট করলাম। খামের ভিতরে মোড়া সত্যকে যাচাই করে দেখবার জন্য খামটি খুলতেই দেখলাম আমাকে সত্তর দেখা করবার জন্য ডাকা হয়েছে। আনন্দে সেদিন আত্মহারা হয়ে উঠেছিলাম। এরপরে গোছগাছ করে ফিটফাট হয়ে একেবারে স্কুলের উদ্দেশ্যে রওনা হয়ে গিয়েছিলাম। আপনারা ঠিকই ভেবেছেন, প্রিন্সিপ্যালের সাথে সাক্ষাতের পরে আর মুখ কালো করে বসে থাকতে হয়নি। চাকরিটা পাকা হয়েই গিয়েছিল। হাজার স্বপ্নের আলোড়নের মধ্যেও ঈশ্বর যে আমার ঐ স্বপ্নের দাম দিয়েছিলেন সেটি দেখে আপ্লুত হয়ে উঠেছিলাম। সেদিনই জয়েনিং লেটারটিও হাতে পেয়ে গিয়েছিলাম। পরের দিন থেকেই জয়েনিং ছিল। জয়েনিং এর সাথে সাথে জানতে পেরেছিলাম স্কুল গ্রাউনডের ভিতরেই আমার থাকার বন্দোবস্ত করে দেওয়া হয়েছে। সারভেনটস কোয়ার্টার এর পাশেই আরও একটি কোয়ার্টার ছিল। সেখানেই স্কুলের শিক্ষক শিক্ষিকারা থাকতেন। দূর থেকে যারা এসেছিলেন তাঁদের জন্যই কেবলমাত্র এই সুবিধা উপলব্ধ ছিল। স্থানীয় লোকেরা যে যার নিজের বাড়ি থেকেই চাকরি ক্ষেত্রে আসতেন। জায়গাটি বেজায় সুন্দর হওয়ায় আমার খুশির রেশ আরও চতুর্গুণ বৃদ্ধি পেয়েছিল। প্রিন্সিপ্যালকে এতকিছুর মধ্যেও ধন্যবাদ জানাতে ভুললাম না। তবে স্বপ্ন সত্যি হলে যেমন ভালো লাগে তেমন প্রতিটি স্বপ্নের সত্যি হওয়ার মাশুলও গুণতে হয় জানবেন! আমার নিয়তিও যে আমাকে সেইদিকেই নিয়ে যাচ্ছিল এই বিষয়টি ক্রমাগতভাবে আমার সামনে ফুটে উঠতে শুরু করল।

শোন আনন্দের মধ্যেও চিন্তার মেঘটা কিছুতেই মাথার উপর থেকে সরতে চাইছিল না। একের পর এক খুনের ঘটনা কানে আসতে শুরু করল। সবই ঘটছিল ঐ জঙ্গলকে কেন্দ্র করে করেই।

আমার মনের মধ্যে থাকা আশঙ্কার বীজটা একটু নাড়া দিতেই ভাবলাম ,

"না যা হচ্ছে হোক ! আমি বরং ঐ প্যারানরমাল ইনভেস্টিগেটর টিমটির জন্য অপেক্ষা করি । ওরা আসলে ওদের সাথেই জঙ্গলের ভিতরে যাবার পরিকল্পনা তৈরি করে ফেলব ।বিষয়টি সম্পর্কে প্রিন্সিপ্যাল স্যার সহ কোন সদস্যকেই জানতে দেওয়া যাবেনা , তাহলেই একটা মস্ত বিপদের সম্ভাবনা তৈরি হবে , তার চেয়ে ভালো জিনিসটা নিয়ে বেশী নাড়াঘাঁটা না করে এটিকে গোপনেই সেরে ফেলা ! "

কথায় বলে ভাবনার অবকাশের সাথে সাথেই ঈশ্বর অনেকসময় সহায় হয়ে যান । আমার সাথেও ঠিক তেমনটাই ঘটেছিল । খুনের ঘটনার বৈষম্য বেহিসাবি ভাবেই বৃদ্ধি পেতে শুরু করায় প্রিন্সিপ্যালের উদ্যোগে ঐ টিমকে সত্তর যোগাযোগের আদেশ দেওয়া হল । তারাও আর দেরী না করে এসে উপস্থিত হলেন । আমার এখনও মনে আছে সেই টিমে মোট চারজন লোক ছিলেন । তিনজন ছেলে ও একজন মহিলা । তারা নাকি পৃথিবীর বিভিন্ন শহরে ঘুরে ঘুরে অলৌকিক কিছুর অস্তিত্বের বিষয়টিকে নিয়ে চিন্তাভাবনা করে থাকেন । এমনকি তাঁদের কাছে এই সব বিষয়ে একাধিক প্রমাণও ছিল । কাজের সুবাদে ও একজন সদস্য হওয়ার দরুন আমিও সেই সকল প্রমাণের কিছু কিছু অংশ দেখবার সুযোগ পেয়েছিলাম । এই মিশনটি প্রিন্সিপ্যালের উদ্যোগেই নেওয়া হয়েছিল ঠিকই তবে স্থানীয় পুলিশও তাঁদের সাথেই ছিলেন । কারণ এই খুনগুলির পিছনে নিহিত থাকা বিষয়গুলি জানতে পারার মধ্যেই সকলের কৌতূহল নিহিত ছিল। আমিও সুযোগ বুঝে ঐ প্যারানরমাল টিমের সকল সদস্যের সাথে সাক্ষাৎ করে নিয়েছিলাম । তবে সকলের অলক্ষ্যে ঐ টিমের প্রধান সদস্যের কাছে গিয়ে এক বিশেষ আর্জি রেখেছিলাম ,

"আমার নাম রক্তিম । আমি এই স্কুলে লাইব্রেরিয়ানের ভূমিকায় কর্মরত । আমি এই জায়গাটিকে খুবই ভালোবাসি তবে এই জায়গাটির অজানা অতীতের সাথে নিজেকে জুড়তে চাই । কিন্তু আপনাদের সাহায্য ও অনুকম্পা ব্যাতিত সেটি কোনভাবেই সম্ভবপর নয় । আপনারা যদি আমাকে আপনাদের সাথেই এই মিশনে নিয়ে যান তাহলে খুবই উপকৃত হব ।"

আমার কথাগুলি অত্যন্ত প্রফেশনাল শোনালেও এর অন্তর্নিহিত অর্থটি তাঁদের সকলেই কমবেশি বেশ ভালোভাবেই আন্দাজ করতে পেরেছিলেন । ভাবিনি এতো তাড়াতাড়ি এই বিষয়টির ক্ষেত্রে মঞ্জুরি পেয়ে যাবো । তবে কথায় বলে নিয়তির হাত থেকে নাকি পালানো সম্ভব হয়না । ঐ কাজের সাথে যুক্ত হওয়ার সিদ্ধান্তটাই আমার জীবনের সর্ববৃহৎ ভুল সিদ্ধান্ত রূপে বিবেচিত হয়েছিল । এরপরে আর কোনদিনও এতো বড় রিস্ক নেওয়ার কথা ভাবতেও পারিনি । লোকগুলিকে স্কুলের সদস্যদেরকে এই বিষয়টি না জানানোর জন্য অনুরোধ করেছিলাম । তারা সাবধানেই সেই অনুরোধের মানও রেখেছিলেন বৈকি । এই মিশনটির জন্য তাঁদেরকে সাতদিন সময় দেওয়া হয়েছিল । এই সাতদিন ধরে জঙ্গলের আনাচে কানাচে ঘুরে আসল সত্যকে খুঁজে বার করে পুলিশ ও জনতার সম্মুখে রাখতেই তাঁদেরকে এপয়েনট করা হয়েছিল । আমিও বিকালের মধ্যে স্কুলের কাজ সেরে তাঁদের সাথেই থাকার সিদ্ধান্ত নিয়ে নিয়েছিলাম । ঠিক সেই সময়েই বেশ কিছুদিনের জন্য প্রিন্সিপ্যাল দশদিনের ছুটি ঘোষণা করলে বিষয়টা আরও অধিক রোমাঞ্চকর হয়ে উঠেছিল । ইনভেসটিগেশন চলাকালীন সকলেই যাতে সুরক্ষিত থাকেন সেই বিষয়টির প্রতি গুরুত্ব আরোপের স্বার্থেই স্কুল ছুটি রাখবার সিদ্ধান্ত গৃহীত হয়েছিল । ঐ সময়টা আমি পুরোপুরিভাবেই সেই টিমের সাথেই কাটানোর জন্য ব্যাস্ত হয়ে পড়েছিলাম । তারা ঐ সাতদিনের একটা প্ল্যান বানিয়ে জায়গাগুলি নথিভুক্ত করে নিয়েছিলেন । সেইভাবেই এক একদিন এক একটি জায়গা ঘুরে

দেখবার সিদ্ধান্ত নেওয়া হয়েছিল । তাঁদের কাছে এই সকল প্যারানরমাল বিষয়গুলিকে সনাক্ত করবার জন্য নানান রকমের যন্ত্র মজুত ছিল । এগুলিকে বলা হয় ডিটেকটর । এগুলির সাহায্যে প্রেতাত্মার উপস্থিতি সম্পর্কে এক নির্দিষ্ট ধারণা তৈরি করা যায় । প্রথম দুদিন যে যে অঞ্চলগুলিতে ঘুরেছিলাম সেখানে তেমন কিছুই দেখতে পাওয়া যায়নি । তবে তৃতীয় দিনের সেই অভিজ্ঞতাই যে এমন চরম আকার ধারণ করতে চলেছে সেটির কথা ভাবলে আজও আমার গায়ে কাঁটা দেয়।

সেদিন ছিল অমাবস্যার রাত্রি । চারদিকে ঘুটঘুটে অন্ধকার । চারজনের সাথে আমিও টর্চ হাতে জঙ্গলের দিকে এগিয়ে যেতে লাগলাম । পরেশ , রিম্পি , বাদল ও সুরেশ সহ আমিও ঐ গা ছমছমে পরিবেশের সাথে গা ভাসিয়ে দিতে উদগ্রীব হয়ে পড়েছিলাম । আমাদের সকলের কাছেই নিজস্ব মোবাইল ছিল তবে সেটি প্রয়োজন না পড়লে বার করবার বা ব্যবহার করবার অনুমতি ছিলনা । এই সকলের মধ্যে পরেশই ছিলেন হেড অফ অথরিটি । তার তত্ত্বাবধানেই গোটা বিষয়টি দেখাশোনা করা হচ্ছিল । পরেশ আমাদের সকলের উদ্দেশ্যে বললেন ,

"আমি না বলা পর্যন্ত কেউ জঙ্গলের ঐ দিকটায় যাবে না , এতে কিন্তু বিপদ আরও অধিক ভয়ঙ্কর আকার ধারণ করতে পারে । দেখো ঐ দিকটাতেই যে কিছু একটা অস্বাভাবিক হচ্ছে তার প্রমাণ আমরা এই যন্ত্রেই পেয়ে যাচ্ছি । এখন যতটা সম্ভব আমাদেরকে সাবধানে এগোতে হবে নাহলেই মুশকিল । এই শক্তিগুলির গতিবিধি বোঝার কাজ বেশ কঠিন । এরা স্থান পরিবর্তন করে ফেলতে পারে । আমাদের পায়ের শব্দের সাথে সাথে এরা নিজেদের গতিবিধির পরিবর্তন সাধন করে ফেলবে ফলে আমরা জানতেও পারবোনা তার অস্তিত্বের কথা । তাই আমার আদেশ ছাড়া কেউ কোথাও যাবে না , আবারও মনে করিয়ে দিলাম । "

সেদিনের ঐ পরিবেশটি ছিল গায়ে কাঁটা দেওয়ার মতন ।বারংবার মনে হচ্ছিল কেন ওখানে গেলাম । না গেলেই বরং ভালো হত । এতদিন লোকমুখে ঐ জঙ্গলের বিষয়ে অনেককিছুই শুনেছিলাম কিন্তু সেদিন চাক্ষুষ দেখবার পরেই মেরুদণ্ড বেয়ে হিমেল রক্তের স্রোত নেমে গিয়েছিল । আমরা পা চালিয়ে এগোতে থাকলাম সেইসাথে পরেশকে লক্ষ্য করে নিজেদের গন্তব্যের বিষয়টিকেও চিহ্নিত করতে থাকলাম । জঙ্গলের ঘনত্ব ক্রমান্বয়ে বেড়েই চলেছিল । ঐ অন্ধকারের সীমা অতিক্রম করার কাজ ক্রমেই জটিল থেকে জটিলতর হয়ে উঠতে চাইছিল । সুরেশ আমাদেরকে উদ্দেশ্য করে বললেন ,

" এই জায়গাটিতেই একাধিক মৃতদেহ পাওয়া গিয়েছিল । এমনকি এটাও মনে করা হয় যে এই জায়গাটিতেই নাকি সেই ছেলেটিকে ইংরেজ আমলে শিরোচ্ছেদ করে হত্যা করা হয়েছিল । ইংরেজ আমলে ঘটনাটি ঘটলেও এই ঘটনার একটি বাস্তবিক চিত্রও ছিল । সেই সময়ে ইংরেজরা এই স্কুলের উপরে নিজেদের ক্ষমতা প্রতিষ্ঠা করেছিলেন । তবে তাঁদের মধ্যে থেকে অনেকেই এই স্কুলের বাচ্চাদের উপরে অত্যাচার করতেন । তারা কেউই শান্তিপূর্ণভাবে এই স্কুলটিকে এগিয়ে নিয়ে যেতে চাননি । ইংরেজরা এখানকার স্থানীয় লোকেদের কাছ থেকে অতিরিক্ত কর আদায় করতে শুরু করেন । এরফলে এখানকার মানুষেরা কেউই একটা সময়ে এই স্কুলে ভর্তি হতে পারতেন না । তারা অযাচিতভাবে ঐ সকল ছাত্রছাত্রীদের কাছ থেকে কর আদায় করতে থাকেন । এরফলে অনেকেই ইংরেজদের প্রতি বীতশ্রদ্ধ হয়ে গিয়েছিলেন । যারা কর দিতে পারতেন না তারা সকলেই ইংরেজদের কোপের শিকার হয়েছিলেন । একবার ইংরেজ সরকার ঐ বাচ্চাটির পরিবারের কাছ থেকেও বলপূর্বক কর আদায়ের জন্য সচেষ্ট হলে পর পরিবারের লোকেরা বাচ্চাটিকে সেই স্থান ত্যাগ করে পালিয়ে যেতে বলেছিলেন । ঐ স্কুলের পিছনে থাকা জঙ্গলের মধ্যে দিয়ে ফরাসীদের

আবাসে পৌঁছানো যেত। ইংরেজদের সাথে ফরাসী অর্থাৎ ডাচ সাহেবদের বনিবনা ছিলনা। তারা ছিলেন একে অপরের কট্টর শত্রু। পর্তুগালের সাথে ব্যবসা বাণিজ্যের ক্ষেত্রে ভারতীয়দের এক বিশেষ সখ্যতা গড়ে উঠেছিল ঠিকই তবে ইংরেজদের সাথে কেউই ব্যবসা করতে চাইতেন না। এরফলে ইংরেজরা বলপূর্বক ভারতীয়দের কাছ থেকে অতিরিক্ত অনুপাতে খাজনা আদায় করতে বাধ্য হয়েছিলেন। তা নাহলে এখানে ইংরেজদের পক্ষে টিকে থাকা সম্ভব ছিলনা। এই বিষয়টি নিয়ে ডাচদের সাথে ইংরেজদের পারস্পরিক বিরোধিতা লেগেই থাকত। বাচ্চাটি নিজের মায়ের কথা রাখতে ঐ স্থান থেকে পালিয়ে পিছনের জঙ্গলকে আশ্রয় করে ডাচদের ঘাঁটিতে যাওয়ার জন্য দৌড়তে শুরু করে। সেইসময়ে এই জঙ্গলের ঘনত্ব আরও বেশী ছিল। ছেলেটি পূর্বে নিজের পিতামাতার সাথে বহুবার ঐ পথ ধরে ডাচদের ক্ষেত্রে সাক্ষাতের জন্য গেছিল। তবে ঐ সময়ে রাতের বেলা তার পক্ষে জঙ্গলের রাস্তা পেরিয়ে সঠিক জায়গায় পৌঁছানো সম্ভব ছিলনা। ছেলেটি নিজের চোখের সামনেই তার পিতা মাতাকে গত হতে দেখেছিল। ইংরেজদের হাতে থাকা কুঠারের এক আঘাতেই তারা শেষ হয়ে গিয়েছিলেন। এরপরে ইংরেজরা ঐ বাচ্চাটিকে শেষ করবার জন্য জঙ্গলের রাস্তা ধরে এগোতে থাকেন। ছেলেটি প্রাণপণে দৌড়েও শেষপর্যন্ত নিজের প্রাণ রক্ষা করতে পারেনি। ঐ কুঠারের আঘাতে এক ইংরেজ ধর থেকে তার মাথাটি আলাদা করে দিয়েছিলেন। শুনেছিলাম ঠিক এই স্থানটিতেই নাকি ঘটনাটি ঘটেছিল। এই জায়গাটিতে একটি গাছ রয়েছে। যেখানে আলাদাভাবে এক চিহ্ন করা রয়েছে। অনেকেই দিনের বেলায় এই জায়গাটিতে আসেন। জায়গাটি ঘুরে দেখতে অনেকেই পছন্দ করেন। তবে সন্ধ্যের পরে আর কেউই এদিকে আসবার সাহস দেখান না। আমরা এখন যেখানে দাঁড়িয়ে রয়েছি এটাই সেই গাছ।"

সুরেশের কথাগুলি শুনে শরীরটা থরথর করী কেঁপে উঠেছিল। ঠিক সেই সময়েই মনে হল আবারও সেই দমকা হাওয়াটি আমার কানের পাশ ঘেঁষে চলে গেলো। আমি তাঁদেরকে উদ্দেশ্য করে বললাম,

" আমার জানিনা কেন মনে হচ্ছে এই জায়গাটিতে কিছু একটা আছে। এখান থেকে অন্যত্র সরে যাওয়া উচিৎ। "

কথাটি বলার সাথে সাথেই দেখলাম আমরা চারজন সেখানে দাঁড়িয়ে রয়েছি। রিম্পি নেই। বাদল আমাদেরকে উদ্দেশ্য করে বললেন,

" সেকি রিম্পি কোথায় গেলো? এখানেই তো ছিল! এতক্ষণ তো আমাদের কথা শুনছিল।"

জায়গাটির ভয়াবহতা ক্রমাগতভাবে বৃদ্ধি পাচ্ছিল। সামান্য সময়ের ব্যবধানেই দেখলাম রিম্পির মাথাটি একদিকে পড়ে রয়েছে আর শরীরটি আরেকদিকে। তাজা রক্ত শরীর থেকে গড়িয়ে পড়ছিল। রক্তে ভেসে যাচ্ছিল চতুর্দিক। আর ঠিক সেই সময়েই গাছের আড়াল থেকে একটি অট্টহাসির শব্দ শুনতে পেলাম। অন্ধকারাচ্ছন্ন পরিবেশের মধ্যে ঐ শব্দের সঠিক স্থান চিহ্নিত করতে পারলাম না। এদিকে ওদিকে তাকাতেই হঠাৎ নজরে পড়ল এক বীভৎস মূর্তি। একটি সুবিশাল গাছের কোটর থেকে পেঁচার ডাকের শব্দ ভেসে আসতে লাগল। সেইসাথে অনাবশ্যকভাবে মেঘটাও গর্জন করে উঠল। শীতকালে অমন মেঘের গর্জন দেখে আমরা সকলেই ভয়ে কাঁপতে শুরু করলাম। সময়টা যে আমাদের বিপরীতে ধাবিত হতে চলেছিল এটিই ছিল তার প্রকৃষ্ট প্রমাণ। সেই বীভৎস মূর্তিটি ধীরে ধীরে আমাদের দিকে এগিয়ে আসতে লাগল। তার হাতেও লক্ষ্য করলাম একটি ধারালো কুঠার শোভা পাচ্ছিল। আরও কিছুটা স্পষ্ট হলেই দেখলাম একটি শির বিহীন দেহ আমাদের সামনে দাঁড়িয়ে রয়েছে। একটি বাচ্চার গলা কাঁটা দেহের কথা

এতদিন কেবল শুনেছিলাম মাত্র কিন্তু সেদিন চাক্ষুষ দেখামাত্রই শিরা বেয়ে হিমেল রক্তের স্রোত হয়ে গেলো। বিষয়টি সকলেরই নজরে পড়েছিল। সাথে সাথে প্রত্যেকেই তারস্বরে চিৎকার করে উঠলেন। ইতস্তত বিক্ষিপ্তভাবে এদিকে ওদিকে প্রাণ বাঁচানোর উদ্দেশ্যে দৌড়তে শুরু করলেন। পরেশ ও বাদল জঙ্গলের ঈশান কোণ বরাবর এগোতে শুরু করলেন আর আমি ও সুরেশ পশ্চিম দিক বরাবর দৌড়তে শুরু করেছিলাম। সুরেশের হাতে কম্পাস থাকায় দিক নির্ধারণের ক্ষেত্রে অনেকটাই সুবধা হয়েছিল। তবে এই ঘটনা বেশীক্ষণ স্থায়ী হওয়ারও সুযোগ পায়নি। কিছুদূর এগোনোর সাথে সাথেই জঙ্গলের ওপর প্রান্ত থেকে চিৎকারের শব্দ কানে ভেসে আসার সাথে সাথেই থমকে দাঁড়িয়ে পড়েছিলাম। জানতাম পরেশ ও বাদল আর জীবিত নেই। মেঘের গর্জনটা তখন অচিরেই বেড়ে গিয়েছিল। চোখের সামনে যা দেখছিলাম তাতে বিশ্বাস করতে পারছিলাম না। মনে হচ্ছিল সেই ভয়ঙ্কর মূর্তিটিকে আবারও সম্মুখে আবির্ভূত হতে দেখব। জঙ্গলের এক প্রান্ত ধরে দৌড়তে শুরু করলাম। সুরেশ একটি বড় পাথরে পা আটকে পড়ে গেলেন। তার হাতে থাকা কম্পাস ও টর্চটি কোথাও গড়িয়ে গেলো। আমার হাতের টর্চটিও কাজ করা বন্ধ করে দিয়েছিল। ঐ ঘুটঘুটে অন্ধকারের মধ্যে সামনে দাঁড়িয়ে থাকা একটি লোককেই স্পষ্টভাবে দেখতে পাওয়া যাচ্ছিল না, তাহলে সেই প্রেতাত্মার সাথে লড়াই করার বিষয়টি যে কতখানি কঠিন হয়ে দাঁড়িয়েছিল সেটা কেবল আমিই জানতাম। হঠাৎ সুরেশের কন্ঠস্বর ভেসে আসতেই বেশ কিছুটা সজাগ হয়ে সেদিকে এগিয়ে গেলাম। অন্ধকারের মধ্যে হাতড়াতে হাতড়াতে সে একটি জায়গায় এসে উপস্থিত হয়েছিল। তার সেই কন্ঠস্বরের উপরে ভিত্তি করেই আমি সেখানে গিয়ে উপস্থিত হলাম। সুরেশ আমাকে উদ্দেশ্য করে বললেন,

"আমার পায়ে বীভৎস চোট লেগেছে রক্তিম। মনে হয়না এখান থেকে চলে যাওয়া সম্ভব হবে। উঠে দাঁড়াতেও পারছিনা, এই অবস্থায় আপনাকে এখানে আটকে রাখলে বিপদের সম্ভাবনা আরও বেড়ে যাবে। তার চেয়ে ভালো আপনি একাই এগোতে থাকুন। দেখুন কারুর জীবনের বা মৃত্যুর কোণ নিশ্চয়তা থাকেনা। ধরে নিন আমরা এটুকুই একসাথে আসাবার সুযোগ পেয়েছিলাম। আমি শুধুশুধু আপনার জীবন নিয়ে খেলতে পারবোনা। তার চেয়ে ভালো আপনি বরং একাই এগিয়ে যান। এভাবে আমার জন্য দুশ্চিন্তা করবেন না। এই পথটি ধরে সোজা এগিয়ে গেলেই আপনি বড় রাস্তায় উঠবেন। আপনি নিজের খেয়াল রাখবেন। নিন, আর দেরী করবেন না। দয়া করে এগোতে থাকুন। প্রাণ থাকলে আবার দেখা হবে।"

সেদিন নিজেকে সবথেকে বেশী অসহায় মনে হয়েছিল। চোখের সামনে একজনের বিপদ দেখেও হাত গুটিয়ে বসে থাকা ছাড়া আর কোণ উপায় অবশিষ্ট ছিলনা। ঐ অবস্থায় ঐ লোকটিকে উদ্ধার করবার চেষ্টা করলে নিজেরও বিপদগ্রস্ত হওয়ার সম্ভাবনাটা বেড়ে জেত। তাই কোনভাবে নিজের আবেগকে সংযত করে সুরেশকে বিদায় বার্তা জানিয়ে জঙ্গলের অভিমুখে এগোতে শুরু করেছিলাম। কিছুদূরে যাওয়ার পরেই দেখলাম পথ হারিয়ে ফেলেছি। অন্ধকারের প্রভাবটা যেন ক্রমাগতভাবে আমাকে ঘিরে ধরতে চাইছিল। এর শেষ কোথায় কিছুই অনুভব করতে পারছিলাম না। অচিরেই অন্ধকারকে কাটিয়ে এগোতে যাবো এমন সময়ে দেখলাম কেউ যেন আমার পা টেনে ধরেছে। পিছনে তাকাতেই দেখলাম কেউ আমার পায়ে দড়ি দিয়ে জড়িয়ে নিজের সর্বশক্তি প্রয়োগ করে আমাকে তার দিকে টেনে নিয়ে যেতে চাইছে। সেইসাথে অট্টহাসির শব্দ আরও প্রবল হয়ে উঠেছিল। প্রাণ বাঁচানো ছাড়া আর কোন উপায় অবশিষ্ট ছিলনা। সাহায্যের জন্য চিৎকার করলেও যে সেইস্থানে কেউই এগিয়ে আসবেনা এই বিষয়টি অনেকটাই পরিষ্কার হয়ে গেছিল।

কোনরকমে দড়িটা হাত দিয়ে পা থেকে সরিয়ে প্রাণপণে দৌড়তে শুরু করলাম। যতবার নতুন পথের সন্ধান করতে চাইছিলাম ততবারই দেখছিলাম একই জায়গায় এসে উপস্থিত হচ্ছি। জঙ্গলের ঐ স্থানটি থেকে যে উন্মুক্ত হওয়া সম্ভব সেটাই কল্পনা করতে পারছিলাম না। একাধিক ভয়াল ভয়ঙ্কর শব্দ কানে ভেসে আসছিল। মেঘের গর্জনটা আবারও নিজের স্থান চিহ্নিত করতেই মনে হল কেউ যেন ঠিক আমার পিছনে এসে দাঁড়িয়েছে।

"আমার পিছনে মনে হচ্ছে কারুর উপস্থিতি রয়েছে। কেউ এসে দাঁড়িয়েছে। তার পায়ের খসখস শব্দ পরিষ্কারভাবে শুনতে পাচ্ছি। অথচ কারুর ছায়া দেখতে পাচ্ছিনা। "

ঘাড় ঘোরানোর সাহসটুকুও হচ্ছিল না। পিছন দিকে ফিরে দেখব এমন সময় হঠাৎ সেই খসখস শব্দটি ক্রমে প্রবল আকার ধারণ করতে লাগল। আমি নিজেকে সামলে নিতে যাবো এমন সময়ে দেখলাম এক ভয়ঙ্কর চিৎকারের শব্দ আমার দিকে ধেয়ে আসছে। আমি চোখের সামনে কাউকেই দেখতে পেলাম না। ওখান থেকে কোনক্রমে উঠে দৌড়তে শুরু করলাম। জঙ্গলের মধ্যে দিয়ে দৌড়নোর সাথে সাথে মেঘের গর্জনের শব্দটিও আরও প্রখর হয়ে উঠতে লাগল। একটা পিচ্ছল জায়গায় এসে পড়ে গেলাম। সামনে তাকিয়ে দেখলাম একটি ডোবার মধ্যে এসে পড়েছি। ডোবাটি জংলী কিছুর ফুলের দ্বারা সজ্জিত ছিল। অন্ধকারের মধ্যে দেখতে না পেলেও হাত দিয়ে অনুভব করতে পারছিলাম। কোনভাবে সাঁতরে উপরে উঠতেই দূরে একটি জায়গায় কিছু লোকের কোলাহলের শব্দ শুনতে পেলাম। দেখলাম তারা কাঁধে করে কিছু একটা নিয়ে এগিয়ে যাচ্ছে। জীবিত লোকেদের দেখেও সেদিনকে মৃত বলেই মনে হয়েছিল। আমি তাঁদের দিকেই সাহায্যের জন্য ছুটে গেলাম। ওখানে পৌঁছতেই দেখলাম তারা একটি শব দেহ কাঁধে করে এগিয়ে যাচ্ছেন। চারজনের কাঁধে ভর দিয়ে এগিয়ে চলেছে শবটি। আর বাকি কয়েকজন পিছনের দিকে রয়েছেন। আমি তাঁদের একজনকে উদ্দেশ্য করে প্রশ্ন করলাম,

"দাদা, ও দাদা শুনছেন? ভারি বিপদে পড়ে এখানে এসেছি! এখান থেকে বড় রাস্তার দিকে যেতে হবে। কিন্তু জঙ্গলের ভিতরে পথ হারিয়ে ফেলেছি। আসলে আমি এখানে নতুন, এদিককার সেভাবে কিছুই চিনিনা। কিভাবে বড় রাস্তার দিকে যেতে হবে যদি একটু বলেন!"

লোকগুলি দেখলাম সেই নিশ্চল গতিতেই এগিয়ে চলেছেন। এতো ধীর গতিতেও যে কেউ চলতে পারে সেটি তাঁদের দেখেই প্রথম আন্দাজ করতে পেরেছিলাম, মনে হচ্ছিল যেন তাঁদের এগোনোরই ইচ্ছে নেই। আমি আবারও একইভাবে জিজ্ঞাসা করলাম,

"আরে ও দাদা শুনছেন? এখান থেকে বড় রাস্তার দিকে যেতে চাই। কিভাবে যাবো?"

পরক্ষণেই দেখলাম তারা কাঁধের থেকে মড়াটিকে নামিয়ে আমার দিকে তাকালেন। তাঁদের প্রত্যেকের দৃষ্টি একেবারে স্থির। কারুর চোখের পলক পড়ছে না। আমাকে দেখামাত্রই তারা সকলে খিলখিল শব্দে হাসতে শুরু করলেন। তাঁদের ঠোঁটের কোণা ঘেঁষে রক্ত গড়িয়ে পড়তে লাগল। আমার ভীতিজড়িত মুখের দিকে তাকিয়ে তাঁদের উল্লাস যেন আরও বৃদ্ধি পেলো। লোকগুলি আমাকে উদ্দেশ্য করে বললেন,

"এখান থেকে বেরোনোর কোণ পথ নেই! এখান থেকে পালিয়ে বাঁচা এতো সহজ হলে আমরাও পালাতাম, কিন্তু সে আমাদেরকে একে একে শেষ করে ফেলেছে। আমরা সকলেই তার শিকার হয়েছিলাম। এই জঙ্গলের আনাচে কানাচে আজও আমাদের ক্ষতবিক্ষত দেহগুলি কোথাও একটা পড়ে রয়েছে। আমাদের আত্মা শান্তি পায়নি। এভাবেই আমাদেরকে আরও কতদিন যে নিজেদের মৃত্যুকে পুনঃ পুনঃ দেখতে হবে জানিনা। তুমি দেবে আমাদের মুক্তি? বলো দেবে মুক্তি?"

কথাগুলি বলেই ঐ মৃতদের সারি আমার দিকে এগোতে শুরু করল। আমি চিৎকার করে উঠলাম। ভেবেছিলাম সেদিনই হয়ত আমার জীবনের অন্তিম দিন হবে। কিন্তু ঠিক সেই মুহূর্তেই এক দাম্ভিক চেহারার ব্যাক্তি আমার সম্মুখে এসে উপস্থিত হলেন। আমি তাকে দেখামাত্রই চমকে উঠলাম। পড়নে লাল রঙের পোশাক। হাতে ত্রিশূল। গলায় রুদ্রাক্ষের মালা ও হাতে কুমনডুলু সহ লোকটি সামনের দিকে এগিয়ে চললেন। এরপরে এক বিশেষ মন্ত্রপাঠের মধ্যে দিয়ে বেশ কিছুটা ভস্ম ঐ মৃতদের উদ্দেশ্য করে ছুঁড়ে দিলেন। সেই মন্ত্রের শব্দ আকাশ বাতাস বিদীর্ণ করে হৃৎপিণ্ডের শিখাদেশ স্পর্শ করে উঠল।

"ওম ক্লিং ক্লিং পাপ নাশায়, হুম ক্রিং ক্লিম অয়িং ক্রিং ফট স্বাহা! ওম ক্লিং ক্লিং পাপ নাশায়, হুম ক্রিং ক্লিম অয়িং ক্রিং ফট স্বাহা! ওম ক্লিং ক্লিং পাপ নাশায়, হুম ক্রিং ক্লিম অয়িং ক্রিং ফট স্বাহা! "ওম ক্লিং ক্লিং পাপ নাশায়, হুম ক্রিং ক্লিম অয়িং ক্রিং ফট স্বাহা! " –

বেশ কয়েকবার এভাবেই মন্ত্রের উচ্চারণ করতে থাকলেন সেই ব্যাক্তি। প্রতিটি মন্ত্রের শব্দ ধ্বনিত হওয়ার সাথে সাথে একটি একটি করে প্রেত গায়েব হয়ে যেতে লাগল। ধীরে ধীরে ঐ পরিমণ্ডলটি একেবারে শূন্যস্থানে রূপান্তরিত হয়ে গেলো। আমি এতক্ষণ ধরে সেই চমৎকারকে নিজের চোখে দেখছিলাম। কিভাবে একটি লোক এতো গুলো মৃতের সাথে একাই লড়াই করে যাচ্ছিলেন? এই বিষয়টি আমাকে একপ্রকার স্তম্ভিত করে তুলেছিল। লোকটি নিজের ক্রিয়া সম্পাদনের পরে আমার দিকে ফিরে তাকালেন। এরপরে আমাকে উদ্দেশ্য করে বললেন,

"আমার নাম অপ্রানন্দ বাচস্পতি। আমি দীর্ঘ এক যুগ ধরে কাছেই একটি শ্মশানে নিজের আস্তানা গেড়েছি। সেখানেই আমি দেবী চণ্ডালিকার সাধনা করি। গতকালই আমার সাধনার কাজ সম্পন্ন হয়েছে। তবে আজ ভৈরবী অমাবস্যা। তাই আজকের দিনে আমি এক শিয়ালের রক্ত পান করে নিজের সাধনাকে স্বয়ংসম্পূর্ণ করবার আশায় যাচ্ছিলাম। এই পথেই যেতে হত। কিন্তু তোর কি হয়েছে? তুই কে? গভীর রাতে এই জঙ্গলের মধ্যে কি করছিস? জানিস না এই জায়গা কতখানি ভয়ানক। এই জঙ্গলের প্রতিটি অলিন্দে ভয়ঙ্কর শব বিপদ লুকিয়ে রয়েছে। প্রেতাত্মাদের আস্তানা এই জঙ্গল। এখানে বহুকাল আগে থেকেই একাধিক খুন জখমের ঘটনা ঘটেছে। অনেক লাশ পরিত্যক্ত অবস্থাতেই এখানে পড়ে থেকেছে। সেগুলির সৎকার করাও সম্ভব হয়নি। ইংরেজ আমল থেকেই এই নৈরাজ্যবাদী নীতি চলে আসছে। এখানকার মানুষ কেবল পাহাড়ের আর ঝর্ণার সৌন্দর্য অবলোকনেই ব্যাস্ত থাকেন কিন্তু এর পশ্চাতে লুকিয়ে থাকা ভয়াবহতার সাথে পরিচিত হতে চান না। এই জঙ্গলের মধ্যে একাধিক রহস্য লুকিয়ে রয়েছে যার দরুন আজও এই জায়গাটিকে খুনি জঙ্গল বলা হয়ে থাকে। ভারতবর্ষের অলৌকিক রহস্যসমৃদ্ধ স্থানসমূহের মধ্যে এটি সবিশেষ উল্লেখযোগ্য। এখানে প্রতিদিন কিছু না কিছু ঘটে। কিছু না কিছুর আভাস পাওয়া যায়। এভাবেই ক্রমবর্ধমান প্রক্রিয়ার দ্বারা এগিয়ে চলেছে যুগের ভবিষ্যৎ, অথচ একথা কেউই জানেনা যে সেই যুগের ভবিষ্যৎ এখনও অন্ধকারের গর্ভেই শায়িত হয়ে রয়েছে। তবে সবকিছুর থেকেই মুক্তির উপায়ও রয়েছে।"

অপ্রানন্দ বাচস্পতির মুখে মুক্তির কথা শোনামাত্রই ভাবলাম ঐ পিশাচের কাছ থেকে তিনি উদ্ধারের উপায় খুঁজে বার করতে পারবেন। সাথে সাথে ওনাকে জিজ্ঞাসা করলাম,

" এই জঙ্গলে এতকাল ধরে যে খুনের ঘটনাগুলি ঘটে চলেছে, এর থেকে কিভাবে নিষ্পত্তি পাওয়া সম্ভব? আপনি কি কোণ উপায় বলে দিতে পারবেন?"

বাচস্পতি বললেন,

"আছে। তবে সেই পথ খুবই দুর্যোগপূর্ণ। ঐ পথ অবলম্বনের জন্য অনেক সাহসের প্রয়োজন। এই জঙ্গলের পূর্বদিকে একটি ফাঁকা স্থান রয়েছে। সেখানে আমাদেরকে এক বিশেষ যজ্ঞ করতে হবে। ঐ যজ্ঞের দ্বারাই এই গোটা জায়গাটিকে প্রেতাত্মাদের কবল থেকে উদ্ধার করা সম্ভব হবে। আজকে ভৈরবী অমাবস্যার রাত এই যজ্ঞের জন্য উপযুক্ত সময়। তবে আমার একার পক্ষে এই কাজ করা সম্ভব নয়। একাজে তোমার সাহায্যের প্রয়জব পড়বে। ঐ স্থানটিকে পবিত্র করতে হবে। এরপরে আমি মন্ত্রপাঠ শুরু করব। যজ্ঞকুণ্ড তৈরির মধ্যে দিয়ে মন্ত্রপাঠ শুরু করব আমি। এরজন্য কোন একটি পশুর কাঁচা মাংস ও রক্তের প্রয়োজন পড়বে। এখানে বুনো শিয়ালের দেখা মিলবে কিনা জানা নেই। তবে শিয়ালের দেখা না পেলে অন্য কোণ জন্তুকে খুঁজে বার করতে হবে। "

বাচস্পতির কথা শুনে আমিও এগোতে থাকলাম। ওনাকে উদ্দেশ্য করে বললাম,

"হয়ত এখানে নিশ্চিত কিছু একটা পাবো। এতো ঘন জঙ্গলের মধ্যে কোণ জন্তুর দেখা পাবনা এমনটা হতে পারেনা! "

তিনি আমাকে উদ্দেশ্য করে বললেন,

"এটি একটি মায়াবী প্রদেশ, এখানে নিজেকে একা ভাবার ভুল কখনও করোনা। এই জঙ্গলের প্রতিটি গর্ভের মধ্যে ভয়ঙ্কর সব আত্মাদের বাস রয়েছে। তারা যে কোণ মুহূর্তে আমাদের উপরে আক্রমণ করতে পারে। এখানে নিজেকে যারা চালাক ভেবে এসেছে তারাই মৃত্যুর কলে শায়িত হয়ে গিয়েছে। আমাদেরকে প্রতিটি কাজ অত্যন্ত সন্তর্পণে করতে হবে।"

অনেক খোঁজার পরে জঙ্গলের ভিতরে সেদিন এক শিয়ালের খোঁজ মিলেছিল। বাচস্পতি নিজের মন্ত্রশক্তির দ্বারা সেই বুনো শিয়ালটিকে নিজের দখলে নিয়ে এসেছিলেন। বশীকরণের দ্বারা যে একাধিক চমৎকার ঘটানো সম্ভব হয় সেটি ঐদিন ওনার সাথে থাকার ফলে নতুন করে আবিষ্কার করতে পেরেছিলাম। এরপরে তিনি নিজের হাতে ঐ জন্তুটির গলায় কোপ বসালেন। একটি ছোট ছুড়ির সাহায্যে প্রথমে শিয়ালের গলার নলিতে আঘাত করলেন। সাথে সাথেই সেটি ভূমিতে পড়ে গোঙাতে শুরু করল। এরপরে তিনি ওর কেটে যাওয়া গলার অংশটি থেকে চুয়ে চুয়ে পড়া রক্তগুলিকে একটি পাত্রের মধ্যে সঞ্চিত করে রাখতে শুরু করলেন। ওনার সাথে যে একটি ঝোলাও ছিল সেটি আমি অনেকটাই পরে জানতে পেরেছিলাম। লোকটি যে নেহাতই কোণ সাধারণ মানুষ ছিলেন না সেটি ওনার দ্বারা আবিষ্কৃত বস্তুগুলিই প্রমাণ করে দিচ্ছিল। এরপরে ঐ জায়গাটিতে পৌঁছে তিনি একটি ক্ষেত্র নির্মাণ করলেন। জন্তুটির দেহ থেকে সংগ্রহ করে নিয়ে আসা রক্তের সাহায্যে একটি পরিখা নির্মাণ করে বললেন,

"এসো ভিতরে এসো। ঐ জায়গাটিতে কিছু কাঠ পড়ে রয়েছে। সেটিকে সঙ্গে করে নিয়ে এসো।এরপরে আমরা যজ্ঞের কাজ শুরু করে দেব। এমনিতেই হাতে সময় খুব কম রয়েছে। তবে একটা কথা মনে রেখো যজ্ঞ সমাপ্তির পরেই এই কুণ্ডের মধ্যে থেকে বেরোনো সম্ভব।"

আমি তার কথামতই একে একে কাজগুলিকে করতে শুরু করলাম। ভাবলাম পকেট থেকে দেশলাইটা বার করে সামনে পড়ে থাকা কাঠগুলিতে অগ্নি নিক্ষেপ করব, কিন্তু দেখলাম আমার সে কাজ করবার পূর্বেই বাচস্পতি মশাই নিজের তন্ত্র বিদ্যার দ্বারা সেই কাঠগুলিতে অগ্নি নিক্ষেপ করে দিয়েছেন। যত দেখছিলাম ততই অবাক হয়ে যাচ্ছিলাম। এতো চমৎকার কি ঘটানো সম্ভব? কলি যুগের এই মোহ মায়ার মধ্যে আবদ্ধ থাকবার পরেও কি বাচস্পতির মত মানুষের সন্ধান মেলে? সত্যিই মেলে বৈকি!

এরপরে আমিও সেই পরিখার মধ্যে প্রবেশ করলাম। শুরু হল মন্ত্রপাঠ। উচ্চস্বরে বাচস্পতি মশাই মন্ত্রপাঠ করতে শুরু করলেন। সাথে সাথে গোটা পরিবেশে এক অদ্ভুত আন্দোলন প্রতীয়মান হতে শুরু করল। উনি আমাকে ওনার দুহাত ধরে থাকতে বললেন। ডান হাতের সাহায্যে ওনার বাম হাত ও বাম হাতের সাহায্যে ওনার ডান হাত স্পর্শ করে রইলাম আমি। জোরে জোরে হাওয়া বইতে শুরু করল। পুনরায় মেঘের গর্জন কানে এলো। বাচস্পতি মশাই বললেন,

"এই আবহাওয়ার পরিবর্তন কোণ সাধারণ পরিবর্তন নয়। এই হাওয়ার পরিবর্তন তাঁদের উপস্থিতির কথা জানিয়ে দিচ্ছে। মৃত ব্যাক্তিরা একে একে এখানে নিজের উপস্থিতিকে বোঝানোর চেষ্টা করবে। এই জলন্ত আগুণের মধ্যে দিয়েই তাঁদের বিদেহী আত্মাদের নিষ্পত্তি করাতে হবে। এই মন্ত্র উচ্চারণ আমি এখন অব্যাহত রাখব। সেইসাথে তুমিও এই সকল মন্ত্রের উচ্চারণ করতে থাকো। সেইসাথে লক্ষ্য রাখো যাতে এই আগুণ সহজে নিভে না যায়। কারণ তারা এই আগুণকে নিভিয়ে দিতে একাধিকবার চেষ্টা করবে। তবে কোনভাবেই তা হতে দেওয়া যাবেনা। এছাড়াও নানান রূপে তারা তোমাকে বিভ্রান্ত করবার চেষ্টা করবে। তুমি কেবলমাত্র এই কাজের দিকেই মনোনিবেশ করে রেখো।"

আমি ওনার কথামতোই কাজ করতে লাগলাম। হাওয়ার বেগের সাথে সাথে মেঘের গর্জনের তিব্রতাও বৃদ্ধি পেতে শুরু করল। বিদেহী আত্মারা নিজেদের উপস্থিতির পরিচয় দেওয়ার জন্য নানান রূপ দেখাতে শুরু করল। ভয়ঙ্কর তীক্ষ্ণ শব্দ বুকে এসে বিঁধতে শুরু করল। কিছুক্ষণ বাদে লক্ষ্য করলাম আমার মুখ থেকে রক্ত বেরোতে শুরু করেছে। বাচস্পতি মশাই তখনও চোখ বন্ধ করেই মন্ত্রপাঠ করেই চললেন। কোণ এক আবর্ত যেন গোটা জায়গাটিকে ঘিরে ফেলেছিল। ধুলো উড়তে লাগল। সেই ধুলোর আস্তরণ ঘিরে ধরল আমাদেরকে। তার মধ্যে থেকেই বাচস্পতি মশাইয়ের মন্ত্রপাঠের শব্দটিও কানে ভেসে আসতে লাগল,

"ওম ক্রিং ক্রিং করাল বদনা হুম ক্রিং কালিং ফট স্বাহা, করাল বদনা হ্রিং ক্লিং ক্র্যরিং স্রানি নমানি হুম ক্রিং কলিং ফট স্বাহা!"

বাতাসের বেগে আমি নিজেকে ধরে রাখতে পারলাম না। মনে হল আমার দমটা যেন বন্ধ হয়ে আসছে। এরপরে কি হয়েছিল খেয়াল নেই। যখন চোখ খুলেছিলাম তখন দেখলাম আমি বড় রাস্তার পাশে একটি উঁচু জায়গার পাশে মুখ থুবড়ে পড়ে রয়েছি। প্রাণবায়ুটা তখনও হৃৎপিণ্ডের মধ্যেই ধুকপুক করছিল। পাখির কলতান কানে যেতেই দেখলাম ভোর হয়ে এসেছে। চোখ কচলে উঠে বসতেই দেখলাম শরীরে অসম্ভব ব্যাথা। হাত পা নাড়াতে পারছিলাম না। চারিদিকে তাকিয়ে দেখলাম জায়গাটি অচেনা। পাশে তাকিয়ে দেখলাম বড়ো রাস্তার পাশেই পড়ে রয়েছি আমি। নিজের মনকে প্রশ্ন করতে থাকলাম,

"এখানে কে নিয়ে এলো আমাকে? বাচস্পতি কোথায় গেলেন?"-

বাচস্পতির নাম নিয়ে জোরে জোরে আহ্বান করতে শুরু করলাম কিন্তু কাউকেই খুঁজে পেলাম না। সেদিন রাতে আমি জ্ঞান হারানোর পরে কি ঘটেছিল, আমি কিভাবে ওখানে এসে পড়েছিলাম, এসব কিছুই জানিনা। একপ্রকার গোটা বিষয়টির মধ্যেই একটি চমৎকার লক্ষ্য করতে পারছিলাম। তবে কিছু কিছু প্রশ্নের সত্যিই কোন উত্তর পাওয়া যায়না। সবকিছুর মধ্যে ঐ একটি সত্যকেই মেনে নিতে বাধ্য হয়েছিলাম, এতকিছুর পরেও আমি জীবিত ছিলাম। এই অনুভূতিটিকে অস্বীকার করবার মত সাহস ছিলনা। ওখান থেকে কোনরকমে উঠে বড় রাস্তার দিকে এগোতে শুরু করলাম। দেখলাম একটি গাড়ি সোজা এগিয়ে আসছে। গাড়ির গতিবেগের দিকে লক্ষ্য করেই

মনে হয়েছিল এতো সহজে সেটি থামবেনা । তাই দূর থেকেই হাত নাড়াতে শুরু করেছিলাম । গাড়িটা থামলে তার কাছে লিফট চেয়েছিলাম । এরপরে সেই গাড়িটি আমাকে আমার গন্তব্যে পৌঁছে দিয়েছিলেন । সেদিন আর স্কুলে যেতে পারিনি । পরেরদিন গিয়ে প্রিন্সিপ্যাল সাহেবকে গোটা ঘটনাটি খুলে বলেছিলাম । ওনার কাছ থেকেই জানতে পেরেছিলাম যে সেই প্যারানরমাল টিমের কাউকেই নাকি আর খুঁজে পাওয়া যায়নি । আমি পরে ওনার কাছে বাচস্পতি মশাইয়ের কথাও উল্লেখ করেছিলাম , কিন্তু উনি বলেছিলেন ঐ এলাকায় নাকি তিনি এরকম কোণ ব্যাক্তির খোঁজ পাননি ।

আমার কাছে সত্যিই বিষয়টি আজও পরিষ্কার হয়নি । আদৌ ঐ জঙ্গলটি প্রেতাত্মাদের কবল থেকে মুক্ত হয়েছিল কিনা তাইই জানিনা । বাচস্পতি মশাই কোথায় গায়েব হয়ে গিয়েছিলেন তাও জানতে পারিনি । তবে কারশিয়াং এর ঐ নিরবচ্ছিন্ন রহস্যের সমাধান খুঁজে বার করা কারুর পক্ষেই সম্ভব হতনা । এরকম্ম হাজারও ঘটনা ঘটে যেগুলির কোন মীমাংসা হয়না । তবে এই ঘটনার পরে আমি আর ডাউ হিল স্কুলে চাকরি করিনি । এর কিছু সময় পরেই আমি ডাউ হিল ছেড়ে চলে এসেছিলাম । প্রিন্সিপ্যাল স্যার আমাকে একাধিকবার সেখানে থাকবার জন্য অনুরোধ করেছিলেন , কিন্তু আমি পারিনি । যা যা দেখেছিলাম সেগুলির কোন যুক্তি খুঁজে বার না করতে পারায় কলকাতায় ফিরে আসতে বাধ্য হয়েছিলাম । সেইথেকে আমি কলকাতাতেই থেকে গিয়েছিলাম । এখানকার একটি স্থানীয় অফিসে চাকরি করি আজও । তবে ঐ ডাউ হিলের ঘটনার রেশটুকু আমৃত্যু মনে থেকে যাবে ।

সমাপ্ত

3

একটি অপমৃত্যু সঙ্কারী ভট্টাচার্য

একটি অপমৃত্যু

কলেজের এক পুরস্কার বিতরণী অনুষ্ঠানে স্নিগ্ধাকে ডেকে পাঠালেন প্রিন্সিপাল আলোকরঞ্জন গুহ। স্নিগ্ধার নামটা ধরে ডাকার সাথে সাথেই স্টেজে উঠে পুরস্কার গ্রহণ করলেন স্নিগ্ধা।

গোটা পরিবেশটি হইহই করে উঠল । স্নিগ্ধা একজন ব্রিলিয়েনট স্টুডেন্ট হওয়ার পাশাপাশি একজন অসাধারণ মনের মানুষও ছিলেন । কলেজের টপার হওয়া সত্ত্বেও তিনি কখনও নিজের অর্জিত শিক্ষা ও নীতিবোধকে ভুলে যাননি । আর এটিই ছিল তার চরিত্রের অন্যতম প্রধান বৈশিষ্ট ।

স্নিগ্ধার হাতে প্রাইজটি তুলে দেওয়ার সাথে সাথেই প্রিন্সিপাল স্যার ছাত্রছাত্রীদের উদ্দেশ্যে কিছু কথা বললেন ,

"এই মেয়েটি কলেজে ভর্তি হওয়ার সময় যখন আমার সাথে সাক্ষাৎ করতে এসেছিল তখন আমার মনে হয়েছিল সে হয়ত আর পাঁচটা স্টুডেন্টের মতই এই কলেজের গণ্ডির ভিতরেই আবদ্ধ হয়ে থেকে যাবে । কিন্তু সময় ও মূল্যবোধকে সঠিক জায়গায় ও সঠিক পরিসরে কাজে লাগিয়ে সে আজ এই জায়গায় পৌঁছেছে । আমি আজকে ওর জন্য গর্ব অনুভব করছি । স্নিগ্ধা নিষ্ঠাসহকারে পড়াশোনা করেছে । সে কোনদিনও একটি ক্লাসও ফাঁকি দেয়নি । একজন মেয়ে হয়েও সে কলেজ জীবনের আনন্দে এতটাও নিজেকে বিলিয়ে দেয়নি যে সে নিজের আসল কর্তব্যকেই ভুলে যায় ! তাই আমার চোখে সে এমনিই সেরা । স্নিগ্ধার জন্য রইল অঢেল শুভেচ্ছা ও অভিনন্দন । তুমি আরও বড়ো হও ও এই কলেজের নাম উজ্জ্বল করো । "

প্রিন্সিপাল স্যার এর কথাগুলি শেষ হওয়ার পরেই সকলে সজোরে চিৎকার করে উঠলেন । স্টুডেন্ট মহলে সেদিনের পর থেকে স্নিগ্ধা হয়ে উঠলেন এক বিশিষ্ট নাম । সকলেই তার প্রতি সম্মানের দৃষ্টিতে তাকালেন । তবে কিছু মানুষের মনে এই মেয়েটির প্রতি আবেগও তৈরি হয়েছিল । বিশেষ করে কলেজের পুরুষ মহলে । স্নিগ্ধা গুণবতী হওয়ার পাশাপাশি রূপবতীও ছিলেন । তবে কলেজের ভিড়ে মিশে থাকা এই মেয়েটির দিকে এতদিন কারুরই সেভাবে নজর পড়েনি । সেদিন সর্বসমক্ষে এক পরিচিতি ঘোষিত হওয়ার পর থেকেই স্নিগ্ধার প্রতি সকলের দৃষ্টিভঙ্গিই সম্পূর্ণরূপে পরিবর্তিত হয়ে গেছিল ।

প্রোগ্রাম সমাপ্তির পরে ধীরে ধীরে হলের মধ্যে স্থিত হয়ে যাওয়া ভিড়টা হালকা হতে শুরু করেছিল । প্রাইজ আর সার্টিফিকেটটি হাতে নিয়ে স্টেজের সিঁড়ি দিয়ে নামতে নামতে স্নিগ্ধার নজর গেলো সামনের দিকে । অনেকেই স্নিগ্ধাকে আরও একঝলক দেখবার জন্য উঁকি ঝুঁকি মারছিলেন কিন্তু সেই জনাকয়েকের মধ্যে থেকেই একটি ভারী কন্ঠস্বরের শব্দ ভেসে এলো স্নিগ্ধার কানে ।

"হ্যালো , আমার নাম ঋষি । আমি এই কলেজের ইংলিশ বিভাগের ছাত্র । আর আপনি তো ইতিহাস বিভাগের তাইনা ?"

কথাগুলি শোনামাত্রই স্নিগ্ধা থমকে দাঁড়ালেন । ছেলেটিকে দু একবার দেখেছিলেন ঠিকই কিন্তু সেভাবে কোনদিনই পরিচয় করবার সুযোগ হয়নি । তবে সেদিন ঐ আনন্দের মুহূর্তটিতে ছেলেটির সাথে সাক্ষাৎ হওয়ার পিছনে যে কোন কারণ লুকিয়ে রয়েছে এটি ভাবতে ভাবতেই স্নিগ্ধা ওর প্রশ্নের উত্তর দিতে দিতে বললেন ,

"আজ্ঞে হ্যাঁ , আমি ইতিহাস বিভাগেই পড়ি । তবে আপনাকে হয়ত একবার কি দুবার দেখেছিলাম । কোন একটি প্রোগ্রামে আপনি সম্ভবত গান গাইছিলেন ?"

ঋষি উত্তর দিলেন ,

"হ্যাঁ , কলেজের ফেস্টে । আসলে বন্ধুরা এমনভাবে জোর করেছিল যে কি বলব ? আপনার সাথে আলাপ করব ভেবেছিলাম , কিন্তু হয়ে ওঠেনি । সবসময়েই দেখতাম আপনি পড়াশোনা নিয়েই বেশী ব্যস্ত থাকতেন । এই কারণে আমি আর বিরক্ত করতে যায়নি । তাছাড়া আমার

আবার পড়াশোনায় তেমন কোন ইন্টারেস্ট নেই। আমি একপ্রকার অল্প পড়াশোনা করে জীবনের আনন্দকে উপভোগ করবার জন্যেই এই কলেজে ভর্তি হয়েছিলাম।"

সুপুরুষ ঋষির মুখ থেকে এই কথাগুলি শোনবার পরেই স্নিগ্ধা ক্ষণিক ইতস্তত বোধ করলেন। মুখের হাসিটা কোথায় যেন হারিয়ে গেলো। আসলে ঋষির সম্পর্কে তার ধারণাটি ছিল কিছুটা অন্যরকম। সে তাঁকে ভালো ছেলে বলেই চিনত। গান গাইতে না পারলেও লুকিয়ে লুকিয়ে তার গানগুলি শুনতে চিরকালই উৎসুক ছিল সে। কলেজের কোন প্রোগ্রামই মিস করত না। দূরে দাঁড়িয়ে কিমবা ভিড়ের মধ্যে থেকেও সে ঋষির পারফর্মেন্স দেখবার জন্য ঠিকই পৌঁছে যেত। কিন্তু কোনদিনই তার সাথে সরাসরি কথা বলবার সুযোগ ঘটেনি। তবে ঋষি নিজের থেকে এগিয়ে এসেই যখন কথা বলেছিল তখন স্নিগ্ধার মনে এক আলাদাই আনন্দ তৈরি হয়েছিল। কিন্তু ঋষির মুখে এমন কথা শোনামাত্রই সে বেশ কিছুটা আশঙ্কায়িত হয়ে উঠেছিল। কলেজের বাদবাকি ছেলেগুলির মতই কি সে, এই চিন্তাটি তার মনের মধ্যে একাধিকবার ভিড় করছিল। মনের মধ্যে চলতে থাকা এই দ্বন্দ্বকে পাশে সরিয়ে রেখে স্নিগ্ধা বললেন,

"আচ্ছা, আপনার সাথে আলাপ করে খুবই ভালো লাগল। তবে আজকে আমার একটু তাড়া আছে। আমাকে তাড়াতাড়ি বাড়ি ফিরতে হবে। আপনার সাথে আবার পরে কথা বলব। ভালো থাকবেন। "

কথাগুলি শেষ করেই পাশ কাটিয়ে বেরিয়ে গেলেন স্নিগ্ধা। ঋষির কাছে বিষয়টা তেমনভাবে পরিষ্কার না হলেও স্নিগ্ধার মনে চলতে থাকা দ্বন্দ্বটির সামান্যতম আঁচ তিনিও পেয়েছিলেন। নিজের মনে মনেই বললেন,

" আসলে আমাকে বাকিদের মত ভেবেছে হয়ত। মেয়েদের পিছনে ঘুরে বেড়ায় এখানে অনেকেই। ভেবেছে আমিও হয়ত তাঁদেরই মত। কিন্তু কিভাবে বোঝাই স্নিগ্ধা, আমার যে তোমাকে ভীষণ ভালো লেগে গেছে। আর ঋষির যাকে একবার ভালো লেগে যায় তাঁকে তো সে পেয়েই ছাড়ে! "

হলের বাইরে এসেই স্নিগ্ধা এদিকে ওদিকে তাকাতে শুরু করল। সুবিশাল ক্যাম্পাসে তার নজরে পড়ল অনেকেই। কিন্তু তার প্রিয় দুই বন্ধুকে নজরে পড়ল না।

"ওরা কি তাহলে প্রোগ্রাম দেখতেও আসেনি? এ কেমন বিষয়? আমি যে প্রাইজ পাবো এটা তো আজকেই প্রিন্সিপালের এনাউন্স করার কথা ছিল! তাহলে ওরা তার আগেই বিষয়টা যেনে গেলো কিভাবে? আজকে বাড়ি থেকে বেরবার সময় নন্দিনী আমাকে বলেছিল সমীর আর ও নাকি আমার জন্য অপেক্ষা করবে। সত্যিই বাবা। এদের দুটোকে নিয়ে পারাই যায়না। না না, তাড়াতাড়ি বাড়ির দিকে রওনা দিতে হবে। নাহলে ওরা হয়ত দুজনেই আবার রাগ করে বসবে। কিন্তু বাড়িতে ওরা কি এমন প্রস্তুতি নিচ্ছে যে এখানে আসারও ফুরসত হলনা? "

এসব কথাগুলি নিজের মনে আওড়াতে আওড়াতেই বাড়ির উদ্দেশ্যে রওনা হয়ে গেলেন স্নিগ্ধা। হাতের যেতে যেতে হাতের সার্টিফিকেট আর মেডেলটা কাঁধের ব্যাগের মধ্যে ঢুকিয়ে নিয়ে এগোতে থাকলেন। ভিড়ের মধ্যে নজর পড়তেই আবার মনের মধ্যে সেই আশঙ্কাটি জেগে উঠতে লাগল। মনে হল ঋষি যেন তাঁকে ঐ ভিড়ের মধ্যে থেকেই লক্ষ্য করছেন। ছেলেটির প্রতি না দেখার ভান করেই একপ্রকার মেন গেটের দিকে এগিয়ে যেতে থাকলেন স্নিগ্ধা। তারপর মেন গেটে পৌঁছেই দেখলেন একটি ফাঁকা অটো দাঁড়িয়ে রয়েছে। তাতেই উঠে পড়লেন। তারপর অটো চালককে উদ্দেশ্য করে বললেন,

"দাদা, বি এন সরকার লেন নিয়ে নিন।"

অটো চালকটি উত্তর দিলেন,

"আচ্ছা ম্যাডাম।"

বি এন সরকার লেনের মুখের বাড়িটাই ছিল নন্দিনীর। নন্দিনী একজন বড়লোক ব্যাবসায়ির মেয়ে ছিলেন। ছোটবেলাতেই মা মারা যাওয়ায় তাঁকে তার পিতা কুমুদরঞ্জনবাবু একাই মানুষ করেছিলেন। ভালোবাসার ভাগ চাননি বলেই হয়ত দ্বিতীয়বার বিবাহ সুত্রে আবদ্ধ হতে চাননি। নিজের সবটুকু ভালোবাসা ঢেলে দিয়েছিলেন নন্দিনীর পায়ে। কিন্তু কুমুদরঞ্জনবাবুকে ব্যবসার কাজে প্রায়েই দেশের বাইরে থাকতে হওয়ায় নন্দিনী বাড়িটিতে একাই থাকতেন। সাথে জুটে ছিল সমীর। তিনিও স্নিগ্ধাদের ডিপার্টমেন্টেই পড়তেন।মনে মনে স্নিগ্ধাকে ভালো লাগলেও তিনিও কোনদিনই মুখ ফুটে কথাগুলি বলে উঠতে পারেননি। তাই নন্দিনীর সাহায্য নিয়ে যতটা সম্ভব স্নিগ্ধার মন জয় করার চেষ্টা করে যেতেন। স্নিগ্ধা জলপাইগুরির বাসিন্দা ছিলেন। ভালো কলেজে ভর্তি হওয়ার জন্যই তিনি কলকাতায় এসেছিলেন। জয়েন্ট ফ্যামিলিতে থাকবার দরুন বাড়ি ভর্তি লোকজন ছিল কিন্তু তারপরেও কোথাও বেশ একা অনুভব করতেন তিনি। বাবা মায়ের একমাত্র সন্তান হওয়ার পরেও সেইভাবে তাঁদের স্নেহের পাত্রী হয়ে উঠতে পারেননি কোনদিনই। স্নিগ্ধার বাবা পেশায় স্কুল টিচার ছিলেন আর মা গৃহবধূ। তাঁদের বরাবরই একটি পুত্র সন্তান লাভের ইচ্ছে ছিল। কিন্তু ঈশ্বর তাঁদের কোলে পাঠিয়েছিলেন এই মেয়েটিকে। স্নিগ্ধা একজন ছেলে হয়ে ওঠার চেষ্টা করে গেলেও কোনদিনই তার বাবার মনের মানুষ হয়ে উঠতে পারেননি। আমাদের সামাজিক ভাবধারার মধ্যেই যে কেন ঈশ্বর এমন ভেদাভেদ রেখেছেন, তা একমাত্র তিনিই জানেন। ছেলেদের থেকে হাজার গুণ যোগ্য হয়ে ওঠবার পরেও যে কেন একটি মেয়েকে কন্যা সম্প্রদায়ের দায় নিয়ে বেঁচে থাকতে হয়, তা একমাত্র সমাজের বুকে বেঁচে থাকা এই নৈরাজ্যবাদী ভাবধারার মানুষগুলিই বলতে পারবেন। যোগ্য সন্তান হয়ে ওঠবার জন্যই জলপাইগুড়ি থেকে কলকাতার উদ্দেশ্যে পারি দিয়েছিলেন স্নিগ্ধা। কলেজে এসে হোস্টেলে কিছুদিন থাকবার পরে সেখানকার পরিবেশের হাত থেকে রেহাই পাওয়ার জন্য ভালো আস্তানার সন্ধানে লেগে পড়েছিলেন তিনি। ঠিক সেই সময়েই আলাপ হয়েছিল নন্দিনীর সাথে। তারপরে আর কি, তার হাত ধরেই এই বাড়িতে এসেছিলেন তিনি। নন্দিনীর কেউ না থাকায় স্নিগ্ধার প্রবেশের দ্বারাই বাড়িটা গমগম করতে শুরু করেছিল। সেই থেকে এটিই এখন তার পার্মানেন্ট বাসস্থান হয়ে উঠেছে।কলকাতার রাস্তার অলি গলি পেরিয়ে অটো চালকটি নিজের স্বচ্ছন্দে গাড়িটিকে এগিয়ে নিয়ে যেতে লাগলেন। কলকাতার শোভা দেখতে দেখতে গাড়িটা বেশ সাবলীল গতিতেই এগিয়ে যাচ্ছিল। প্রায় পঁচিশ ত্রিশ মিনিটের দূরত্ব অতিক্রমণের পরেই সেটি গন্তব্যে এসে পৌঁছাল। অটো চালকটির ভাড়া মিটিয়ে দিয়ে নন্দিনীর বাড়ির উদ্দেশ্যে রওনা হয়ে গেলেন স্নিগ্ধা।

দরজার কাছে এসেই কলিং বেল প্রেশ করার সাথে সাথেই কাজরি মাসি দরজাটা খুলে দিলেন। কাজরি ঐ পরিবারের প্রায় সব কাজই করতেন। সকালে এসে সন্ধ্যের মধ্যে সবকিছু গুছিয়ে রেখে আবার বাড়ি ফিরে যেতেন। কাজরি নিগ্ধাকে নিজের মেয়ের মতই দেখতেন। তাঁকে দেখামাত্রই একগাল হেসে কাজরি জিজ্ঞাসা করলেন,

"কিরে মা? কেমন ছিল প্রোগ্রাম? সব ভালোভাবে মিটে গেছে তো?"

কাজরি মাসির মুখের দিকে তাকিয়ে বেশ কিছুটা স্বস্তির হাসি হেসে নিলেন স্নিগ্ধা। তারপর জিজ্ঞাসা করলেন,

"মাসি নন্দিনী আর সমীর কোথায় গো ? ওদের তো কলেজে কোথাও দেখতেই পেলাম না। ওরা কি সত্যিই যায়নি কলেজে ? আমার জীবনের এতোবড় একটা দিনেও ওরাই গেলনা ?"

কাজরি মাসি উত্তরে বললেন,

"ঠিক বলতে পারবোনা মা। তুমি নন্দিনী দিদির ঘরে যাও। উনি কিছুক্ষণ আগেই সমীর দাদাকে সঙ্গে নিয়ে ঘরে ঢুকলেন। সাথে অনেককিছু কিনে এনেছিলেন। জানিনা তাতে কি ছিল ! আমি আর কথা বাড়াইনি। যাও তুমি বরং দিদিমনির ঘরে যাও। আমি তোমার জন্য নুন চিনির জল করে নিয়ে আসছি।"

কাজরি মাসির জন্যই কোনদিনই মায়ের অভাবটা বুঝতে পারতোনা স্নিগ্ধা। রক্তের সম্পর্ক না থাকলেও কাজরি মাসি ঠিক নিজের মায়ের মতই দেখাশুনা করতেন স্নিগ্ধার। সময়ে সময়ে খেতে দেওয়া থেকে শুরু করে দরকারের সব জিনিস হাতের কাছে এগিয়ে দেওয়া, সবই করতেন তিনি। কাজরি রান্না ঘরের দিকে চলে যেতেই গুটি গুটি পায়ে নন্দিনীর ঘরের দিকে এগিয়ে যেতে লাগলেন স্নিগ্ধা।

দরজার কাছে আসতেই দেখতে পেলেন দরজাটা সামান্য ভেজানো। দরজাটি সামান্য ঠেলে ভিতরে প্রবেশ করতেই এক ঝাঁক কালো অন্ধকার তাঁকে আচ্ছাদিত করে ফেলল। কিন্তু সেই অন্ধকারের মধ্যে থেকেই হঠাৎ চিৎকার করে উঠলেন দুজনে,

"হ্যাপি বারথডে টু ইউ, "হ্যাপি বারথডে টু ইউ, "হ্যাপি বারথডে টু ইউ ডিয়ার স্নিগ্ধা, "হ্যাপি বারথডে টু ইউ।"

ঘরের আলোটা জ্বলে উঠল। তার সাথেই নজরে পড়ল লাল, হলুদ, সবুজ এমন নানান ধরণের বেলুন যেগুলির দ্বারা অত্যন্ত সযত্নে ঘরটিকে সাজিয়ে রেখেছিলেন দুজনে। নন্দিনী ও সমীর দুজনেই এসে জড়িয়ে ধরলেন স্নিগ্ধাকে। দরজার কাছে দাঁড়িয়ে দাঁড়িয়ে কাজরি মাসিও মিচকে মিচকে হাসতে লাগলেন। স্নিগ্ধার মুখে আনন্দ দেখবার জন্য তারা সকলেই উৎসুক হয়ে থাকতেন। চিরকালই চাপা স্বভাবের হওয়ায় স্নিগ্ধা কোনদিনই তার মনের মধ্যে জমে থাকা কষ্টের কথাগুলিকে কারুর কাছেই সেভাবে প্রকাশ করতে পারতেন না। বাইরের পৃথিবীর কাছে তিনি একজন অসাধারণ ছাত্রী হলেও পৃথিবীর অন্যতম একা, নিঃসঙ্গ মানুষ ছিলেন। এই কথাটি বেশ কিছুটা হলেও সত্যি বলে মানতেন এই তিনজন। তাই তারা সবসময়েই স্নিগ্ধার জন্য কিছু না কিছু সারপ্রাইজ প্ল্যান করেই রাখতেন। সেবারেও বিষয়টি হয়ে উঠেছিল ততোটাই আনন্দদায়ক।

সামনের টেবিলে রাখা একটি বড় কেক দেখে আনন্দে আত্মহারা হয়ে উঠলেন স্নিগ্ধা। কেকের চারিধারের মোমবাতিগুলিকে একে একে জ্বালিয়ে দিলেন সমীর। কেকের সামনে আসা মাত্রই তার হাতে ছুড়িটি ধরিয়ে দিলেন নন্দিনী। কেক কাটতে গিয়েই হঠাৎ থমকে দাঁড়ালেন স্নিগ্ধা। তারপর নন্দিনীর দিকে মুখ ঘুরিয়ে জিজ্ঞাসা করলেন,

"আচ্ছা সবই তো বুঝলাম। কিন্তু তোরা দুজন প্রোগ্রামে আসিসনি কেন ? সারাদিন বাড়ির মধ্যে থেকে আমার জন্যে এত আয়োজন করেছিস। আমার কাছে তোদের উপস্থিতিটাই সবথেকে বড় জিনিস বুঝলি! এত কিছুর কোন প্রয়োজন ছিলনা রে ! তোরাই আমার সবকিছু। তোরা আছিস বলেই এখনও আমার মুখে হাসি ফুটতে পারে, নাহলে হয়ত ! "

নিগ্ধার কথাগুলি শেষ হওয়ায় আগেই নিজের হাত দিয়ে ওর ঠোঁটটা চেপে ধরলেন নন্দিনী।

"আবার সেই বাজে কথা ? বলেছিলে মরার কথা মুখেও আনবি না। এত কষ্ট করে এত পড়াশোনা করছিস তুই, কত ভালো রেজাল্ট করেছিস। কাকুকে নিয়ে এত চিন্তা করিসনা।

এই খবরটা পেলে তিনিও ভীষণ খুশি হবেন। তোর কেক কাটা হয়ে গেলেই আমি কাকিমাকে ফোন করে সুখবরটা দিয়ে দেব। আর রইল বাকি প্রোগ্রামের কথা, তুই তো জানিসই না আমরা দুজনেই সেখানে উপস্থিত ছিলাম। প্রিন্সিপাল স্যারের সব কথাই শুনেছি। তোকে প্রাইজ নিতে দেখে আমাদেরও ভীষণ গর্ব হচ্ছিল। মেয়েরা যে আজ সবকিছুই করে দেখাতে পারে, সেটা তুই আবারও প্রমাণ করে দিয়েছিস। এই কলেজের অনেকেই তোকে অনেকভাবে ছোট দেখানোর চেষ্টা করে এসেছে, আজকে সবার মুখে চুনকালি পড়েছে। ঠিক হয়েছে। এদেরকে এভাবেই জবাব দেওয়া উচিৎ। "

নন্দিনীর কথাগুলি শুনে ওখানে উপস্থিত বাকি দুজন সদস্যও হ্যাঁ বলে সজোরে নিজেদের সম্মতি প্রকাশ করলেন। এরপর কাজরি মাসিও এগিয়ে এসে বললেন,

"তোর জন্য আজকে নিজের হাতে পঞ্চ ব্যাঞ্জন রেঁধেছি রে মা। তাড়াতাড়ি কেক কেটে খাবার টেবিলে চল বুঝলি।"

ওদের তিনজনের কীর্তি দেখে স্নিগ্ধার চোখে আনন্দের অশ্রু ছলছল করতে লাগল। তাড়াতাড়ি কেক কেটে সকলেই ড্রয়িং রুমের দিকে এগিয়ে গেলেন। সেখানেই সাজানো ছিল পঞ্চ ব্যাঞ্জন। একা হাতে নানান সুস্বাদু পদ রান্না করেছিলেন কাজরি মাসি। ওদের সকলকে বেড়ে দিয়ে নিজেও একটা চেয়ার টেনে বসে পড়লেন। বেশ কয়েকটা পদ মুখে দিতেই খেতে থাকার তোরজোড়টা ক্রমে বেড়ে গেলো। সকলেই পাতের অর্ধেক ভাত শেষ করবার পূর্বে কেউই কারুর মুখের দিকে তাকানোর সুযোগ পেলেন না। কিছুক্ষণ বাদে আবার মলিন মুখটা নিয়ে নন্দিনীর দিকে তাকালেন স্নিগ্ধা। ওর মুখটা দেখেই নন্দিনী বুঝতে পারলেন কোন সমস্যা হয়েছে। তিনি জিজ্ঞাসা করলেন,

"কিরে, খেতে খেতে ওমন করে খাওয়াটা ছেড়ে দিলি কেন? আর খাবি না? বেশ তো ভালো ছিলিস। কেন কাজরি মাসি কি ভালো করে রাঁধেনি? কি হয়েছে বলবি তো?"

কাজরি মাসির দিকে সহসা নজর ঘোরালেন স্নিগ্ধা। তারপর বললেন,

"না না, প্রতিটি রান্নাতেই মাসির হাতের যাদু মিশে রয়েছে। কোথাও কোন খামতি নেই। দারুন লাগছে খেতে, কিন্তু অন্য একটা জিনিস আমাকে ভাবাচ্ছে।"

নন্দিনী জিজ্ঞাসা করলেন,

"কি? একটু খুলে বলবি ঠিক কি হয়েছে?"

স্নিগ্ধা বললেন,

" আজকে হল থেকে বেরবার সময় ইংলিশ ডিপার্টমেন্টের ঐ ছেলেটা আমার মুখের সামনে এসে দাঁড়িয়েছিল। হঠাৎ এমনভাবে দাঁড়াল যে ওকে পেরিয়ে এগিয়ে যেতেও পারছিলাম না। "

সমীর জিজ্ঞাসা করল,

"কে সে?"

স্নিগ্ধা জবাব দিলেন,

"ঋষি।"

সমীর বললেন,

"ও। সেই ছেলেটা। একেবারে লোফার। ছাড়তো, একটু সুন্দরী মেয়ে দেখলেই কতক্ষণে তাঁদের পিছনে পড়বে সেই ধান্দা করে। তুই আবার ওর খপ্পরে পড়তে যাস না কিন্তু। তাহলে কিন্তু কপালে দুঃখ রয়েছে।"

সমীরের কথাগুলি কানে যেতেই বেশ কিছুটা বিরক্ত হলেন স্নিগ্ধা। তারপর বললেন,

"তোদের একটা কথা বলা হয়নি। আমি আসলে অনেকদিন ধরেই ছেলেটাকে ওর অলক্ষ্যেই নজর করে আসছি। কিন্তু কোনদিনও এগিয়ে গিয়ে নিজের মনের কথা ওকে জানাতে পারিনি। আমার ওকে বরাবরই ভীষণ ভালো লাগে নন্দিনী। তবে ওর মত সুপুরুষ, ট্যালেণ্টেড ছেলের আমাকে পছন্দ হবে কিনা! এটা ভেবে এগোনোর সাহস হয়নি। আমি ওকে ভীষণ ভালোবাসি রে। আজকে তোদের সামনে নিজের মনের কথাগুলো হয়ত এভাবে বলতে পারতাম না যদিনা ও আমার রাস্তা অবরোধ করে দাঁড়াত! আসলে নিজের থেকেই এগিয়ে এসে আমার সাথে আলাপ করেছে। ও যে আমাকে লক্ষ্য করে, এটা আগে কোনদিনও বুঝতে পারিনি। আজকে যখন নিজের মুখেই আমাকে কথাগুলো বলছিল তখন নিজের আবেগকে আর ধরে রাখতে পারছিলাম না।"

কথাগুলি বলেই থামলেন স্নিগ্ধা। ওর মুখের দিকে হাঁ করে কিছুক্ষণ তাকিয়ে রইলেন সকলেই। তারপর সমীর বললেন,

"তুই এর আগে তো এভাবে আমাদেরকে ঋষির ব্যাপারে কিছুই জানাসনি। আজকে এভাবে!"

নন্দিনী জানতেন কথাগুলি শোনবার পরে যদি সবথেকে বেশী কেউ কষ্ট পেয়ে থাকেন তাহলে সেটি সমীরই। চোখের জলগুলিকে কোনরকমে সামলে নেওয়ার চেষ্টা করছিলেন সমীর। ওর মনের অবস্থা বুঝে পরিস্থিতিটিকে সামান্য পরিবর্তনের চেষ্টা করে নন্দিনী বললেন,

"দেখ সমীর ভালোবাসার উপরে ঈশ্বর ব্যতিত কারুর হাত থাকে না। আমাদের কখন, কাকে, কিভাবে ভালো লেগে যাবে, সে সত্যের সাথে একমাত্র ঈশ্বরই আমাদের পরিচয় করান। আর স্নিগ্ধা এখন এডালট। ওর জীবনসঙ্গী হিসাবে কাউকে বেছে নেওয়ার অধিকার একমাত্র ওরই রয়েছে। তাই এক্ষেত্রে আমরা ওকে ওর মতামত বদলের জন্য কখনই জোর করতে পারিনা। তবে স্নিগ্ধা তোকে আমিও ঐ একই কথাই বলব, ঋষির সম্পর্কে আমিও অনেক কথাই শুনতে পেয়েছিলাম। এখনও যে সে সব সুনিনা এমনটা নয়। তবে যাই সিদ্ধান্ত নিস না কেন, বুঝে শুনে নিবি। ছেলেটা কিন্তু একজনের সাথে জীবন কাটানোর মত বিষয়ে কোনদিনও ইন্টারেস্টেড নয়। এ ঘটনা আগেও বহুবার নজরে পড়েছে। তবে তোর বিষয়টা একেবারেই আলাদা। তোর মত একটা এতো ভালো মেয়ের দিকে ওর নজর পড়ল কেন সেটাই আন্দাজ করতে পারছিনা।"

নন্দিনীর কথাগুলি শুনে স্নিগ্ধা বললেন,

"ব্যাপারটা তেমন কিছু নয় যেরকম তোরা ভাবছিস! আসলে আমি ওকে মনে মনে খুব ভালবাসলেও সে আমাকে ভালোবাসে কিনা এটা এখনও জানায়নি। চোখাচোখি হত অনেকদিন ধরেই। কিন্তু কেউই কারুর সামনে দাঁড়িয়ে দুকথা বলার সাহস করিনি। আজকেও আমি তেমনভাবে কিছুই বলতে পারতাম না যদিনা সে আমার দিকে এভাবে এগিয়ে আসত। সে আমাকে ভালোবাসে এই কথাটা হয়ত বলেনি কিন্তু আমি তার চোখ পড়তে পেরেছি। ওর মনেও যে আমার প্রতি একটু হলেও ফিলিংস রয়েছে, সেটা বুঝতে আমার বিন্দুমাত্র ভুল হয়নি নন্দিনী। তোরা ছেলেটার সম্পর্কে যা শুনেছিস, আমিও শুনেছি। কিন্তু আমার মনে হয়না যেটা সকলে বলে বা বিশ্বাস করে সেটাই সবসময় সত্যি হয়। হয়ত ছেলেটি মনের মত মানুষ পাইনি তাই এমনটা হয়েছে। কিন্তু আমার মধ্যে হয়ত সে নিজের ভালোবাসাকে খুঁজে পেয়েছে, তাই এভাবে এগিয়ে এসে!"

স্নিগ্ধার কথাগুলি সেদিন নন্দিনী ও সমীরকে ভীষণভাবে অবাক করে তুলেছিল। ওর মধ্যে যে এত পরিবর্তন ঘটতে পারে তা সেদিন স্নিগ্ধাকে চোখের সামনে ঐ কথাগুলি না বলতে দেখলে তাঁদের কেউই সেভাবে বিশ্বাস করতে পারতেন না। খাওয়া দাওয়া শেষ করে স্নিগ্ধা নিজের ঘরে চলে গেলেন। কাজরি মাসিও এঁটো কাঁটা গুলি গোছাতে গোছাতে নন্দিনী ও সমীরকে উদ্দেশ্য করে

বললেন ,

“যাক তোমরা ছাড়ো না বাপু । মেয়েটা এতদিন বাদে যখন কারুর মধ্যে একটু সুখ খুঁজে পেয়েছে তখন ওকে ওর হালে ছেড়ে দাওনা । আরে বাবা , তোমরা তো সভসমইয়েই ছায়াসঙ্গীর মত ওর সাথে রয়েছ ! তাহলে আবার ভয়ের কি আছে । ও যদি আবেগের বসে কোন ভুল সিদ্ধান্ত নিয়েও ফেলে তখন নয় শাসন করে দিও । কিন্তু আজকের দিনটা ওকে কিছু বলনা । আজকে ওর জন্মদিন । মেয়েটা বেশ আনন্দের মধ্যে রয়েছে । তারপরে আবার নিজের ভালোবাসার মানুষের সাক্ষাৎ পেয়ে আরি উৎফুল্ল । যাক ওর বাড়ির লোকের সাথে একবার কথা বলিয়ে দিও । ওর মা , বাবা হয়ত ওর ফোনের আশায় অপেক্ষা করে রয়েছেন ।“

কথাগুলো বলেই নিজের কাজে ব্যস্ত হয়ে পড়লেন কাজরি । নন্দিনী ও সমীর ও স্থান ত্যাগ করলেন । এরপর দোতলায় উঠে বারান্দায় এসে দাঁড়ালেন দুজনে । সমীর খোলা আকাশের দিকে তাকিয়ে চোখের জল ফেলতে ফেলতে বললেন ,

“কত আশা নিয়ে ভেবেছিলাম আজ ওর জন্মদিনের দিনই ওকে প্রপোস করব । কিন্তু এসব কি হয়ে গেলো নন্দিনী ? আমি তো এসব কিছুই চাইনি । আমি তো জানতাম স্নিগ্ধা আমাকেই সবথেকে বেশী ভালোবাসে । আমি ওকে সবসময় হেল্প করে এসেছি । কিন্তু আজকে ওর মুখে ঋষির কথা শুনে আমি নিজেকে আর সামলে রাখতে পারছিলাম না । বিশ্বাস কর , আমি সত্যিই ওকে ভীষণ ভালোবাসি ।“

নন্দিনী সমীরের কাঁধে হাত রেখে বললেন ,

“শোন , এসবের মধ্যে আমাকে জড়াস না । আমি এমনিতেও মেয়েটাকে তেমনভাবে যেনে উঠতে পারিনি । ও শুধু ওর কষ্টের কথাগুলোই আমার সাথে আলোচনা করে এসেছে । কিন্তু এভাবে নিজের সিদ্ধান্তের কথা কোনদিনও জানায়নি । আমিও আজকে ওর কাছে এই কথাগুলি শুনে ততোটাই অবাক হয়ে গেছি , যতটা তুই । এখন বিষয়টা ঈশ্বরের উপরেই ছেড়ে দেওয়া ভালো সমীর । আমাদের কিছু করার নেই ।“

ওদের কথা শেষ হতে না হতেই স্নিগ্ধা ঘোর থেকে বেরিয়ে এসে ওদের মুখের সামনে দাঁড়ালেন ।তারপর এক গাল হেসে নন্দিনীকে জড়িয়ে ধরে বললেন ,

“বাড়িতে ফোন কর না নন্দিনী । সেই কখন থেকে মায়ের গলাটা শোনবার জন্য ব্যাকুল হয়ে রয়েছি । প্রায় বিকেল হতে যায় , এখনও আমার একটা ফোন গেলনা বাড়িতে । কি ভাবছে মা কে জানে ?”

স্নিগ্ধাকে চোখের সামনে দেখামাত্রই নিজের চোখের জলটা হাত দিয়ে মুছে লুকিয়ে ফেলার চেষ্টা করতে লাগলেন সমীর । সমীরকে যে একজন ভালো বন্ধু ব্যতিত স্নিগ্ধা কিছুই মনে করতেন না , তার হাবভাবেই প্রমাণিত হয়ে যাচ্ছিল ।

নন্দিনী ওর বাড়ির নম্বরে ফোনটা লাগাতেই নন্দিনীর হাত থেকে ছোঁ মেরে ফোনটা নিয়ে নিলেন স্নিগ্ধা।

তারপরেই ফোনের ওপারের থেকে একটি মৃদু কন্ঠস্বর ভেসে এলো ,

“কে বলছেন ?”

স্নিগ্ধার মুখে তখন উজ্জ্বল হাসি ,

“আমি বলছি মা , স্নিগ্ধা । আমার কাছে তো আজকের দিনটা সবসময়েই স্পেশাল থেকেছে কিন্তু কোনদিনই বাড়িতে গিয়ে পালন করতে পারিনি । কলকাতায় আসার পরে বিগত দু বছর

ধরে নন্দিনীই আমার জন্মদিনটা পালন করে আসছে। প্রতিবার জন্মদিনে তোমার সাথে কথা হয় । কিন্তু বাবা কথায় কথায় এড়িয়ে যান। তোমরা একবারও আমার মনের অবস্থাটা কোনদিনও ভেবে দেখনি। আমার কেমন লাগতে পারে সেটা তোমাদের কাছে গুরুত্বই পায়নি। "

ফোনের অপার থেকে স্নিগ্ধার মাও কাঁদতে লাগলেন,

"না রে মা। তোর বাবা মনে মনে তোকে সবসময়েই আশীর্বাদ করেন। কিন্তু সমাজের চোখে নিজেকে ওভাবে কঠোর দেখাতেই অভ্যস্ত উনি। চিরকালই এই কঠোরতাকে নিয়েই বেঁচে রয়েছেন । "

স্নিগ্ধা বললেন,

"কোই মা, যখনই বাড়িতে গেছি তখনই দেখেছি বাবা বাড়ির বাকি ছেলেমেয়েদের নিয়ে কত ব্যস্ত থাকেন। তাঁদের কত আদর করেন। ভালোবাসেন। কিন্তু আমার বেলাতেই এই জেদ, রাগ। আচ্ছা ঈশ্বর আমাকে মেয়ে করে পাঠিয়েছেন সেটাও কি আমারই দোষ। আজকের দিনে দাঁড়িয়েও কি ছেলে মেয়ের মধ্যে বিভেদ করতে পারেন মা? তুমিও তো একজন মেয়ে! তোমার কি এটা ঠিক বলে মনে হয়। বাবা তো ছেলের জন্য অনেক চেষ্টা করেছিলেন কিন্তু ছেলে যখন তার ভাগ্যে নেই তখন এই মেয়েকে মেনে নিতেও কি ওনার অসুবিধা? এর জন্য উনি তোমার সাথেও ঠিক করে কথা বলেন না। অথচ আমার পরীক্ষার ফিস থেকে শুরু করে প্রয়োজনের সব টাকা পয়সা ঠিক সময়েই পাঠিয়ে দেন। এখানেই কি একজন পিতার কর্তব্য শেষ হয়ে যায় মা? তুমিই বলো না?"

কথাগুলি জোর গলায় জিজ্ঞাসা করতে করতেই কান্নায় ভেঙে পড়লেন স্নিগ্ধা। ওকে ঐ অবস্থায় দেখে ফোনটা ওর হাত থেকে নিয়ে হ্যালো হ্যালো করতে লাগলেন নন্দিনী। কিন্তু অপার থেকেও কোন শব্দ ভেসে এলনা। মেয়ের প্রশ্নের জবাব দিতে না পেরে মলিনা দেবীও ফোনটা কেটে দিয়েছিলেন। নিজের পিতার থেকে দূরে যাওয়ার এই অযাচিত কারণটিই কুড়ে কুড়ে শেষ করে ফেলছিল স্নিগ্ধাকে। কিন্তু তিনি এই কষ্টের কথা কাউকেই বোঝাতে পারতেন না।

স্নিগ্ধা চোখের জল ফেলতে ফেলতে নিজের ঘরে চলে গেলেন। সন্ধ্যের চাদরে ঢাকা পড়ল কলকাতার আকাশ। ধীরে ধীরে পাখিরা ঐ সূর্যাস্তের পড়ন্ত রোদের সারি ভেদ ভেদ করতে করতে যে যার বাসায় ফিরতে শুরু করল। সমীর বললেন,

"এবার আমিও আসি রে নন্দিনী। আমরা যা ভাবি সেটা ঈশ্বর কোনদিনই হতে দেন না। এটাই সত্যি রে। আমাদের ভাবনাটাকে কোনদিনই জিততে দেন না ঈশ্বর।"

কথাগুলি বলেই বাড়ির উদ্দেশ্যে রওনা হয়ে গেলেন সমীর। কাজরি মাসিও চলে গেলেন। সেদিন রাতে স্নিগ্ধার ঘরের দিকে একবার তাকিয়েই নিজের ঘরের দিকে চলে গেলেন স্নিগ্ধা। যাওয়ার সময় দরজার ফাঁক দিয়ে ঘরে উঁকি মেরে দেখলেন স্নিগ্ধা ঘরের আলো নিভিয়ে দিয়েছে । ফুঁপিয়ে কান্নার শব্দ পেলেন ঠিকই কিন্তু সান্ত্বনা দিতে এগোলেন না। প্রায়ই স্নিগ্ধার ঘর থেকে এমন কান্নার শব্দই ভেসে আসত। নিজের ভিতরে লুকিয়ে থাকা কষ্ট আর যন্ত্রণাগুলিকে কোনদিনই নন্দিনীর সামনে প্রকাশ করতেন না স্নিগ্ধা।

পরেরদিন সকালে কলেজে দেখা হয়ে গেলো সকলের। যে যার নিজের ক্লাস সেরে টিফিনের সময়ে কলেজের মাঠে এসে দেখা করলেন। মাঠের পাশেই হরেন কাকার চায়ের দোকান ছিল। স্নিগ্ধা, নন্দিনী ও সমীর প্রতিদিনের মতই সেদিনও সেখানে এসে উপস্থিত হলেন। ঠিক সেই সময়েই হঠাৎ স্নিগ্ধার ফোনটা বেজে উঠল। ফোনটা কানে নিতেই চমকে উঠলেন তিনি।

"আমি ঋষি। তোমার জন্য কলেজের পিছনে অপেক্ষা করছি। যদি সম্ভব হয় একবার দেখা করো।"

কথাটি বলেই সেদিন ফোনটা কেটে দিয়েছিলেন ঋষি। ফোনটা কান থেকে নামিয়েই ব্যাগটা কাঁধে তুলে নিলেন স্নিগ্ধা। তারপর নন্দিনীকে উদ্দেশ্য করে বললেন,

"ঋষির ফোন এসেছিল। কলেজের পিছনে অপেক্ষা করছে। তোরা ভুল ছিলিস। ও আমাকেই ভালোবাসে। আমি ওর সাথে দেখা করতে যাচ্ছি।"

কথাগুলি বলেই ঋষির সাথে দেখা করতে এগিয়ে গেলেন স্নিগ্ধা। কিছুদুরে এগোতেই নজরে পড়ল ঋষিকে। কলেজের পিছনের ছোট্ট ফুলের বাগানটিতে দাঁড়িয়ে তিনি স্নিগ্ধার জন্য অপেক্ষা করছিলেন। স্নিগ্ধা তার কাছে গিয়ে দাঁড়াতেই ঋষির মুখে আনন্দের হাসি খেলে গেলো। তিনি স্নিগ্ধার দিকে একটি গোলাপ ফুল বাড়িয়ে দিয়ে বললেন,

"আমি তোমাকে খুব ভালোবাসি স্নিগ্ধা। অনেকদিন ধরেই তোমাকে এই কথাটা বলবার জন্য ছটফট করছিলাম কিন্তু আজকে বলতেই হত। আমি এই কলেজের অনেক মেয়ের সাথেই ঘুরে বেরিয়েছি। আমার সম্পর্কে অনেক কথাই হয়ত তোমার কানে গেছে। কিন্তু বিশ্বাস করো আমি ভালোবাসার নজরে শুধুমাত্র তোমাকেই দেখেছি। তোমার মধ্যেই নিজেকে কোথাও হারিয়ে ফেলেছি।"

সেদিনটি ছিল স্নিগ্ধার জীবনের সবচেয়ে বড় দিন। মা ও বাবার প্রতি যে আক্ষেপটি নিয়ে তাঁকে এতদিন ধরে বেঁচে থাকতে হচ্ছিল, সেদিন সেই আক্ষেপের অবসান ঘটেছিল। ঋষির হাত থেকে গোলাপ ফুলটি হাতে নিয়ে তিনি তাঁকে উদ্দেশ্য করে বলেছিলেন,

"আমি তোমার এই ফুলটা সযত্নে নিজের কাছে রেখে দেব। আমিও তোমাকে খুব ভালোবাসি ঋষি।"

কথাগুলি বলা শেষ করেই ঋষির বুকে মাথা রেখে বেশ কিছুক্ষণ কেঁদেছিলেন স্নিগ্ধা। ঋষিও তাঁকে বুকে জড়িয়ে ধরে সোহাগের ছোঁয়ায় আবিষ্ট করে রেখেছিলেন। বিষয়টি নজরে পড়েছিল সমীরের। পিছনের ঝোপের আড়াল থেকে ব্যপারটা দেখামাত্রই শিউরে উঠেছিলেন তিনি। কারণ তিনি ঋষির চরিত্র সম্পর্কে বেশ ভালোভাবেই ওয়াকিবহাল ছিলেন। কিন্তু স্নিগ্ধার জীবনে যে আরও বড় ঝড় আসতে চলেছে এই বিষয়টির কথা তিনি আগে থেকে আন্দাজ করতে পারেননি।

ওদের অলক্ষ্যেই ঋষির সাথে মেলামেশাটা হঠাৎই বেড়ে গিয়েছিল স্নিগ্ধার। ঋষির বাইকে চেপে এদিকে সেদিকে যাওয়া। কলেজের বিভিন্ন অনুষ্ঠানে পার্টিসিপেট করা। একে অপরের সাথে হাত ধরাধরি করে ঘুরে বেড়ানো সবই চলতে লাগল। এভাবেই দিন অতিবাহিত হয়ে যেতে শুরু করেছিল। ঐ সময়টা যেন স্নিগ্ধার জীবনের সবচেয়ে আনন্দের মুহূর্ত ছিল। সে যেন ডানা মেলে আকাশে উড়ে যেতে চাইছিল। বাড়িতে এসে নন্দিনীর সাথে কথা বলবারও সুযোগ ঘোটতনা ওর। সারাদিন মুখে শুধু ঋষির নামই জপতে থাকতেন স্নিগ্ধা। বিষয়টা যে সঠিক দিকে এগোচ্ছেনা, একটু হলেও বিষয়টির আঁচ পাচ্ছিলেন তিনি।

একদিন বৃষ্টির রাতে বেশ অনেকটা দেরী করে বাড়ি ফিরলেন স্নিগ্ধা। তার চোখ মুখের অবস্থা দেখেই প্রচণ্ড ঘাবড়ে গেলেন নন্দিনী। ওকে বসিয়ে মাথাটা মুছিয়ে দিতে দিতে জিজ্ঞাসা করলেন,

"কিরে এত রাতে এরকম দুর্যোগের মধ্যে কোথায় গেছিলিস তুই? এছাড়া তোকে এতবার বারণ করা সত্ত্বেও তুই কিছুতেই ঋষির সাথে দূরত্ব বজায় রেখে মিসতেই পারছিলিস না। আজকে প্রায় কাক স্নান করে বাড়িতে ফিরেছিস। আমাদের সাথে তো ঠিক করে কথা বলাই ছেড়ে

দিয়েছিলিস। আমরা যে কেউ তোর শত্রু নয় তুই সেটা বোধহয় আন্দাজ করতেই পারিসনি! "

নন্দীতার কথাগুলি শুনেই অঝোরে কাঁদতে লাগলেন স্নিগ্ধা। স্নিগ্ধাকে ওভাবে ভেঙে পড়তে দেখে আরও ঘাবড়ে গেলেন নন্দিনী। বাইরে তৎক্ষণাৎ বিদ্যুৎ গর্জে উঠল। তার সাথে সাথে স্নিগ্ধার কান্নার শব্দটিও হৃদয় বিদীর্ণ করার পক্ষে যথেষ্ট ছিল।

স্নিগ্ধাকে বেশ কয়েকবার জিজ্ঞাসা করবার পরে তিনি বললেন,

"সব শেষ করে দিল ঋষি। নন্দিনী সব শেষ করে দিল ও। কেন এরকম করল ও ?আমি তো ওকে বিশ্বাস করেছিলাম। কিন্তু আজকে ও যা করেছে এরপরে আমি ওকে কিভাবে ক্ষমা করব?"

স্নিগ্ধার মুখে কথাগুলি শোনার পরেই প্রচণ্ড ভয় পেয়ে গেলেন নন্দিনী। তিনি অন্য কিছুর অভিশঙ্কা করতে শুরু করেলেন।

"কেন? কি হয়েছে?"

স্নিগ্ধা প্রত্যুত্তরে জানালেন,

"তুই তো জানিসই বেশ কয়েকদিন ধরে আমাদের পক্ষে একটা ঘনিষ্ঠতা বৃদ্ধি পেয়েছিল। ও আমাকে সাথে করে একদিন ওর হোস্টেলে নিয়ে গেছিল। সেদিন ওদের হোস্টেলটা ফাঁকাই ছিল। ফাঁকা দেখে প্রথমে আমারও বেশ ভয় করেছিল কিন্তু ঋষির ঐ অমায়িক মুখটার দিকে তাকিয়ে আমি নিজেকে আশ্বস্ত করে ফেলেছিলাম। এরপরে ও আমার খুব কাছে আসার চেষ্টা করেছিল। আমি ওকে নিজের থেকে দূরে সরিয়ে রাখতে পারিনি। ও আমাদের এই গোপন মুহূর্তের বেশ কিছু ছবি তুলেছিল। সেই ছবিগুলো আমাকেও দেখিয়েছিল সেদিন। কিন্তু আমি বিষয়টা দেখা মাত্রই ঐ ছবিগুলোকে ডিলিট করে দিতে বলেছিলাম। কিন্তু ও এগুলো ওর কাছে আমাদের গোপন মুহূর্তের স্মৃতি হিসাবে রেখে দিতে চেয়েছিল। কিন্তু এখন বিষয়টা আর সেরকম নেই। তুই তো জানিসই ওর কাছে আমার মা ও বাবার নম্বর রয়েছে। আমিই ওকে দিয়েছিলাম। ও একদিন আমার বন্ধু হিসাবে মায়ের সাথে কথা বলেছিল। আমিও নির্দ্বিধায় সমস্ত নাম্বার ওকে দিয়ে দিয়েছিলাম। ও আমার বিশ্বাস নিয়ে খেলেছে নন্দিনী। অনেকদিন ধরেই ঋষি আমার কাছে পয়সা চাইছিল। আমি দিতে না পারায় আমাকে জোর করতে শুরু করেছিল। আমার বাবার কাছ থেকে যখন আমি পয়সা আনতে পারলাম না তখন ও এই ছবিগুলো নিয়ে আমাকে ব্ল্যাকমেল করতে শুরু ক্রএ দিয়েছিল। খালি ছবিগুলোকে সকলের সামনে তুলে ধরার ভয় দেখাত। আমাকে চাপে রাখার চেষ্টা করত। এভাবেও যখন আমি ওর রসদ জোগাড় করতে পারলাম না তখন ও সত্যি সত্যি আমার সর্বনাশ করবার জন্য এই সমস্ত ছবিগুলো আমার বাবাকে পাঠিয়ে দিয়েছিল। আমার বাবা এমনিও আমার সাথে কথা বলতেন না। আজকে ঋষি আমার মা কে ফোন করেছিল। মা আমাকে বললেন আমি নাকি তাঁদের পরিবারের মুখে চুন কালি মাখিয়েছি। তাঁদের সকলের সম্মান নিয়ে খেলেছি। আমি যেন আর কোনদিন ঐ বাড়িতে ফেরত না যাই। ওনারা আর আমার মুখোদর্শন করতে চান না। "

কথাগুলি স্নিগ্ধার মুখে শুনেই দেওয়ালে পিঠ থেকে গেলো নন্দিনীর। তিনিও কাঁদতে কাঁদতে বললেন,

"আমি জানতাম ঋষি এরকমই একটা কিছু করবে। সেই জন্যই আমি আর সমীর তোকে পই পই করে সেদিন বারণ করেছিলাম। কিন্তু তুই আবেগের বসে নিজের সবটা উজাড় করে ঋষিকে ভালবাসতে শুরু করেছিলিস। এখন যা হল এরপর কি তুই আর কোনদিনও নিজেকে ক্ষমা করতে পারবি স্নিগ্ধা ? তোর জীবনে তো এমনিতেও আনন্দ ছিলনা। যাওবা একটু একটু করে আমি

সবকিছু ঠিক করে আনছিলাম , মাসিমা , মেসোমশাইয়ের সাথে সবটা স্বাভাবিক করে আনার চেষ্টা করছিলাম , ঋষির এই ঘটনা সবকিছু শেষ করে দিল স্নিগ্ধা । এরপরে ওনারা আর কোনদিনও তোকে ক্ষমা করবেন না । তুই এগুলো করবার আগে একবারের জন্যেও আমাদের কারুর কথা ভেবে দেখলি না ?”

সেদিন এক লহমায় স্নিগ্ধার জীবনে সবকিছু অন্ধকার হয়ে গিয়েছিল । ঋষির প্রতি তার এই নিখাদ ভালবাসাটির মধ্যেও যে এভাবে ছেদ তৈরি হতে পারে তা সে কিছুতেই আন্দাজ করতে পারছিলনা । নিজের এই হেরে যাওয়া ভাগ্যকে নিয়ে বেঁচে থাকার সব আশাই প্রায় ছেড়ে দিয়েছিল স্নিগ্ধা । এরপরে ঋষির সাথে তার সম্পর্কটাও ভীষণরকম অনিময়িত হয়ে উঠেছিল । কলেজে দেখা সাক্ষাৎ একেবারেই বন্ধ হয়ে গেছিল । ঋষি তখন স্নিগ্ধাকে চোখের সামনে দেখেও এড়িয়ে চলতেন । অন্য মেয়ের হাত ধরে তারই চোখের সামনে দিয়ে ঘুরে বেড়াতেন । বিষয়টি দেখামাত্র আরও ক্রমে ভেঙে পড়তে শুরু করেছিলেন স্নিগ্ধা । ঋষি যে অর্থকে ভালোবাসেন , মানুষকে নন , সেটি তার আচরণ ক্রমাগতভাবে সব সত্যিকে স্পষ্ট করে তুলছিল । ধীরে ধীরে স্নিগ্ধার শরীরও ক্রমে ভেঙে পড়তে শুরু করেছিল । মুখে কিছু বলতে না পারলেও কথা বলার শক্তিটাও যেন কোথাও হারিয়ে গেছিল । স্নিগ্ধার ফোন থেকে বহুবার মায়ের ফোনটা ট্রাই করা সত্ত্বেও সেই ফোনের কোন জবাব আসত না । এসবকিছুই স্নিগ্ধাকে যে কখন এক পা এক পা করে মৃত্যুর দিকে ঠেলে দিচ্ছিল তা বাইরে থেকে কেউই বুঝে উঠতে পারছিলেন না ।

নন্দিনী তাঁকে অনেকবার বোঝানোর চেষ্টা করেছিলেন ঠিকই কিন্তু কোন লাভ হয়নি । নতুন করে সবকিছু শুরু করবার জন্য সমীরও তাঁকে বহুবার বোঝানোর চেষ্টা করেও ক্লান্ত হয়ে পড়েছিলেন । একদিন কলেজের বাইরে সেই চায়ের দোকানেই দেখা হল তিনজনের ।

সমীর এসে হারান কাকাকে প্রতিদিনের মতই তিন কাপ চা করতে বললেন ।

“হারান কাকা তিন কাপ মশলা চা বানাও তো ফাটাফাটি করে ! আর কি মিস স্নিগ্ধা । এখনও কি ঐ ঋষির ছবি বুকে নিয়েই বসে থাকবি ? আরে বাবা এগুলোর থেকে এবার বেরো । অনেকদিন হয়ে গেছে । সে এখন অন্য মেয়েদের সাথে ফুর্তি করে বেড়াচ্ছে । তারা হয়ত ওর টাকার খিদেও মিটিয়ে দিয়েছে । তুই কেন শুধু শুধু এভাবে কষ্ট পেতে থাকবি বলত ? আরে বাবা , এসবের থেকে এবার নিজেকে বরং মুক্ত কর। “

স্নিগ্ধার চোখমুখের ভাষা কেমন যেন পরিবর্তিত হয়ে গেছিল । একটা সুস্থ স্বাভাবিক ফুটফুটে মেয়ের চেহারার ভঙ্গি যে এভাবে পরিবর্তিত হয়ে যেতে পারে সেটি দেখামাত্রই চমকে উঠলেন নন্দিনী ও সমীর । স্নিগ্ধার চোখেমুখে তীব্র রাগ আর ক্ষোভ একইসাথে বাসা বাঁধতে শুরু করেছিল । তিনি সমীরকে উদ্দেশ্য করে বললেন ,

“মুক্তি , হ্যা মুক্তি তো আমার চাইই । তবে সেই মুক্তি আমার একার জন্য নয় । আমি ঋষিকেও নিজের সঙ্গে করেই নিয়ে যাবো । সেদিন আমি মুক্তির নিঃশ্বাস ফেলতে পারব সমীর ।“

স্নিগ্ধার চোখমুখের অবস্থা এমন পরিবর্তিত হয়ে যাচ্ছে দেখে প্রচণ্ড ঘাবড়ে গেলেন সমীর । কিন্তু ক্ষণিকের মধ্যেই স্নিগ্ধা নিজেকে সংযত করে বললেন ,

“শোন নন্দিনী , আমার শরীরটা আজ ঠিক ভালো লাগছে না বুঝলি । আমি বাড়ির দিকে যাই । একটু ঘুমাবো বুঝলি । অনেকদিন ভালো করে ঘুমাতে পারিনি । আজকে বেশ শান্তির ঘুম ঘুমাবো । তুই পরেই ফিরিস । আমার জন্য দুশ্চিন্তা করতে হবেনা বুঝলি ? আমি আসলাম ।“

কথাগুলি শেষ করেই বাড়ির উদ্দেশ্যে রওনা হয়ে গেলেন স্নিগ্ধা। স্নিগ্ধা স্থানটি ত্যাগ করা মাত্রই নন্দিনীর রাগের পারদ হঠাৎ বৃদ্ধি পেলো। তিনি সমীরকে উদ্দেশ্য করে বললেন,

"এইজন্য বলি কথাবার্তাগুলো একটু সামলে বলতে। তোর কবে আর সেন্স হবে সমীর? কোথায় কিভাবে কথা বলতে হয় তুই যে আর কবে শিখবি?"

সমীর প্রত্যুত্তরে বললেন,

"আমাকে দুকথা শুনিয়ে কি হবে নন্দিনী। নিজের বান্ধবীকে সামলা। আমরা ওকে এতবার নিষেধ করা সত্ত্বেও ও আমাদের কথা শোনার প্রয়োজন অনুভব করেনি। আজকে ওর সাথে যা যা ঘটছে এই সবকিছুর জন্যই কি ও নিজে দায়ী নয়?"

সমীরের কথার মধ্যে যথেষ্ট সত্যতা ছিল। তাই সমীরের বলা কথাগুলি সেদিন নন্দিনীকেও চুপ করে থাকতে বাধ্য করেছিল।

নন্দিনীর কাছে সবসময়েই বাড়ির আরও একটা চাবি থাকত। সেদিন কাজরি মাসি না আশায় বাড়িটা বাইরে থেকেই তালা দেওয়া ছিল। নন্দিনী তালাটি খুলে ভিতরে ঢুকলেন। এরপর কাঁধের থেকে ব্যাগটা সোফার উপরে রেখে সিঁড়ি দিয়ে দোতলার উপরে উঠে নিজের ঘরের দিকে এগিয়ে গেলেন। ওত বড় বাড়িটাতে নিজেকে নিরম্ব একা মনে হচ্ছিল তার। পড়ার টেবিলের দিকে এগিয়ে গেলেন তিনি। তারপরে চেয়ারটা টেনে বসলেন। মায়ের মুখটা সেদিন খুব মনে পড়ছিল স্নিগ্ধার। বাবার মুখের হাসিটা দেখবার জন্য ছটফট করছিল মনটা। কিন্তু ওদের কারুর কাছেই আর ফিরে যাওয়ার কোন পথ খোলা ছিলনা। কথাগুলি ভাবতে ভাবতেই চোখ থেকে আবার জল বেরিয়ে আসতে থাকল তার। এরপর বইয়ের সারি থেকে একটা নীল রঙের ডায়েরি বার করে আনলেন স্নিগ্ধা। পেন দানি থেকে একটি কলম বার করে খসখস করে ডায়েরির পাতায় লিখতে শুরু করলেন।

"আমার মৃত্যুর জন্য কেউ দায়ী নয়। আমি নিজের ইচ্ছেতে মৃত্যু বরণ করতে চলেছি। যে মা ও বাবার সুখের জন্য আমি নিজেকে একজন পুত্র সন্তানের যোগ্যতায় বড় করে তুলতে চেয়েছিলাম আজ তাঁদের চোখেই চিরকালের জন্য ছোট হয়ে যেতে বাধ্য হয়েছি আমি। আমি জীবনে ঋষিকে ভালো বেসেছিলাম। তার সাথে সুখে সংসার করতে চেয়েছিলাম। কিন্তু সেও আমার সাথে বিশ্বাসঘাতকতা করেছে। আমি তাঁকে হয়ত কোনদিনও ক্ষমা করতে পারবোনা। তবে নন্দিনী, সমীর তোদের প্রতি আমার কোন রাগ নেই। কোন অভিমান নেই। তোরা আমাকে নিজের থেকেও বেশী ভালোবাসা দিয়েছিলিস। তআর কাজরি মাসির কাছেও আমি চির ঋণী হয়ে থাকব। তিনি কোনদিনও মায়ের অভাব বুঝতে দেননি। চিরকাল মায়ের মতই স্নেহ, ভালোবাসা দিয়ে আমাকে আগলে রেখেছিলেন। আজকের পরে আর হয়ত কোনদিনও তোদের কারুর সাথে দেখা হওয়ার সুযোগ ঘটবে না। তোরা সকলেই ভালো থাকিস।আমার চলে যাওয়ার সময় ঘনিয়ে এসেছে। এবার আমাকে যেতেই হবে।"

এই পর্যন্ত লিখে ডায়েরিটা ঐভাবেই খোলা ফেলে দিলেন স্নিগ্ধা। সেই সাথে সাথেই তার নন্দিনীর ফোনটা বেজে উঠল। আননোন নাম্বার দেখে ফোনটা ধরলেন স্নিগ্ধা। সাথে সাথেই নন্দিনীর কন্ঠস্বর ভেসে এলো,

"হ্যালো কে স্নিগ্ধা?"

"হ্যা।"

"আরে শোন , একটা সমস্যায় পড়েছি । আমি আমার ফোনটা বাড়িতেই ফেলে রেখে চলে এসেছি । এদিকে একটা বিপদ হয়ে গেছে । সমীরের মায়ের খুব শরীর খারাপ । আর ওর বাবা তো কিছুদিন হল মারা গেছে । সমীরকে কিছু কাজে আজকের রাতটা কলকাতার বাইরে যেতে হবে । সেইজন্য ও বাড়িতে থাকতে পারবেনা । কোন জরুরী দরকার আছে বলল । ওর অসুস্থ মাকে দেখাশুনা করবার কেউ নেই । কাকিমার বড্ড জ্বর এসেছে । আমি তাই আজকের রাতটা সমীরের বাড়িতেই থাকছি । কালকে বিকালের মধ্যেই হয়ত ফিরে আসব । কালকে আমি আর কলেজ যেতে পারবোনা বুঝলি ? তুই সকাল সকাল কলেজে চলে যাস । এছাড়া কাজরি মাসিরও মেয়ের শরীরটা ভালো না । তাই বাড়িতে যেতে যেতে হয়ত কাল বিকাল হয়ে যাবে । কাজরি মাসি বিকালের দিকে এলে দরজাটা খুলে দিস । তুই তো দুপুরের মধ্যেই কলেজ থেকে চলে আসিস । এছাড়া কাজরি মাসির কাছেও ডুপ্লিকেট চাবি রয়েছে । তবুও তুই পৌঁছে গিয়ে থাকলে মাসিকে দরজাটা খুলে দিস । "

গলার স্বরটা নামিয়ে জবাব দিলেন স্নিগ্ধা ,

"আচ্ছা ঠিক আছে নন্দিনী । আর শোন আজকে আমার ডায়েরিতে কিছু কথা লিখে রেখেছি । একটা অনুরোধ ছিল নন্দিনী ।"

"হ্যা বল না ! "

"আমি যদি না থাকি তাহলে আমার হয়ে তোর বাড়ির দাওয়ায় উনিশটা মোমবাতি জ্বালাবি তো ?"

স্নিগ্ধার কথাগুলিকে সেদিন তাড়াহুড়োয় অতটা গুরুত্বপূর্ণ বলে মনে হলনা নন্দিনীর । তিনি বললেন ,

"আবার এই সব উল্টোপাল্টা কথা নিয়ে কেন বসেছিস স্নিগ্ধা ? নিজেকে সাবধানে রাখিস । তুই নিজেকে একটু সামলানোর চেষ্টা কর । আসতে আসতে দেখিস সবকিছুই আবার স্বাভাবিক হয়ে যাবে । তোর মন ভালো না লাগলে সিনেমা দেখতে পারিস , কিমবা গান শুনতে পারিস । এগুলো করতে থাকলে দেখিস তোর মন আপনা থেকেই ভালো হয়ে যাবে । আর একটা রাতের তো মামলা । আমি তো কালকে বিকালের মধ্যে ফিরে আসব । এখন রাখছি রে । বাঈ ।"

স্নিগ্ধা বললেন ,

"বাঈ নন্দিনী । ভালো থাকিস ।"

নন্দিনী স্নিগ্ধার শেষ কথাগুলির অর্থ সেভাবে আন্দাজ করতে পারলেন না । রাস্তার এস টি ডি বুথ থেকে ফোন করায় তাড়াহুড়োয় ফোনটা কেটে দিতেও বাধ্য হয়েছিলেন । নন্দিনীর ফোনটা স্নিগ্ধার কাছে থাকার দরুন একপ্রকার উপকার হয়েছিল । স্নিগ্ধা ফোনটা হাতে নিয়ে শেষবারের জন্য তার সবচেয়ে প্রিয় নাম্বারটিতে ডায়াল করলেন ,

"হ্যালো কে বলছেন ?"

"আমি স্নিগ্ধা বলছি ঋষি । প্লিজ প্লিজ আজকে ফোনটা কেটে দিসনা । আজকের পরে আমি আর তোকে বিরক্ত করতে আসব না । কথা দিলাম । আজকেই তোর সাথে আমার শেষবারের মত কথা হচ্ছে । আমি মারা গেলে তোর একবারও আমার জন্য চোখের জল পড়বে তো ঋষি ?"

এইসব কথাগুলি শুনে ঋষি আরও বিরক্ত হয়ে উঠলেন । তিনি প্রত্যুত্তরে বললেন ,

"শোন , আমার কাছে এইসব ফালতু কথাগুলো শোনার জন্য একটুও সময় নেই । আর আমার মনে তোর জন্য এখন আর কোন ভালোবাসাও বেঁচে নেই । কাজেই তোর কিছু হোল কি না হোল

এ বিষয়ে আমি বিশেষ চিন্তিতও নয়। তুই তোর নিজের মত থাক আমাকে থাকতে দে।"

স্নিগ্ধা চোখের জল ফেলতে ফেলতে গুমরে উঠে বললেন,

"চিন্তা করিস না ঋষি। আজকে তোর যা মনে আসে তুই আমাকে বলতে পারিস। আমি তোকে বাঁধা দিতে যাবনা। কারণ আজকে তোর গলার আওয়াজটা শেষবারের মত শুনতে চেয়েছিলাম। তাই তোকে ফোন করেছিলাম। আমি আমার দুর্ভাগ্য নিয়েই চলে যাবো ঋষি। আর কোনদিনও তোকে বিরক্ত করতে আসব না। কিন্তু তোকে ছাড়াও যে আমি আমি মুক্তি পাবনা রে। আমার আত্মা তোর দ্বারে বারবার ফিরে যাবে। তখন আমাকে নিজের থেকে দূরে সরিয়ে দিবি না তো ঋষি?"

ঋষি কোন কথার জবাব না দিয়েই মুখের উপরে ফোনটা কেটে দিলেন। স্নিগ্ধা ফোনটা টেবিলের উপরে রেখে দরজার দিকে এগিয়ে গেলেন। এরপরে দরজাটাকে ভিতর থেকে বন্ধ করে দিলেন। খাটের কাছে এসে দাঁড়ালেন। গলা থেকে ওড়নাটাকে খুলে সিলিং ফ্যানের সাথে বাঁধলেন। তারপর খাটের নীচে থাকা চৌকির সাহায্যে খাটের উপরে উঠে দাঁড়ালেন। সেই ওড়নাটির সাহায্যে ফাঁস তৈরি করে নিজের গলার সাথে শক্ত করে বেঁধে নিলেন। এরপরে নিজের মা ও বাবাকে উদ্দেশ্য করে বিদায় বেলায় কিছু কথা বললেন,

"আমি চললাম মা। বাবার কাছ থেকে ক্ষমা পাওয়ার অনেক চেষ্টা করেছিলাম। কিন্তু পেলাম না। তোমাদের আশীর্বাদ না নিয়েই বাড়ি থেকে বেরিয়ে যেতে বাধ্য হয়েছিলাম, আজও ঠিক একইভাবেই এই দুনিয়া থেকেও বেরিয়ে যেতে বাধ্য হচ্ছি। পারলে তোমরা আমাকে ক্ষমা করে দিও।"

কথাগুলি বলা শেষ করেই চৌকিটাকে পা দিয়ে সজোরে ধাক্কা মারলেন স্নিগ্ধা। তারপরেই সেই চৌকিটা খাটের একপাশে গড়িয়ে পড়িয়ে গেলো। গলার ফাঁসটা কঠিন থেকে কঠিনতর বেষ্টনী সৃষ্টি করে স্নিগ্ধার গলাটিকে পেঁচিয়ে ফেলতে শুরু করল। তীব্র শ্বাসকষ্ট শুরু হল। পা দুখানা থরথর করে কাঁপতে থাকল স্নিগ্ধার। গোটা শরীরটা প্রাণ বায়ু বেরিয়ে যাওয়ার পূর্বে ছটফট করতে শুরু করল। এরপরে আসতে আসতে স্পন্দন স্থিত হয়ে আসতে থাকল। তারপরে ঐ নিষ্প্রাণ হয়ে যাওয়া শরীরটা কেবলই দুলতে থাকল। আর সেই ওড়নার ফাঁসটিতে ক্যাঁচক্যাঁচ করে শব্দ হতে থাকল। ধীরে ধীরে সেই শব্দটিও শান্ত হয়ে গেলো। এইভাবেই সিলিং এর সাথে ঝুলে রইল তার নিথর দেহটি। সবার অলক্ষ্যেই পৃথিবী ছেড়ে চলে গেলেন স্নিগ্ধা।

পরেরদিন দুপুর গড়িয়ে বিকেল হয়ে গেছিল। সকাল থেকে স্নিগ্ধাকে ফোন করেও ফোন এ যোগাযোগ করতে পারলেন না নন্দিনী। অপরপক্ষে নন্দিনীর ফোনটি স্নিগ্ধার কাছে থাকায় কাজরি মাসিও কাউকেই ফোনে পেলেন না। অগত্যা তিনি বাড়িতে ঢুকে সোজা দোতলার ঘরে উঠে গিয়ে দেখলেন ঘরের দরজাটি বাইরে থেকেই বন্ধ। অনেকবার ডাকাডাকির পরেও ভিতর থেকে কোন আওয়াজ আসতে না দেখে তিনি প্রচণ্ড ভয় পেয়ে গেলেন। নীচে ঢোকার সময় স্নিগ্ধার জুতোজোড়া তিনি বাইরেই পড়ে থাকতে দেখেছিলেন।

"মা তো তাহলে ঘরেই রয়েছে। ওর জুতো জোড়াও তো বাড়িতেই। তাহলে ঘরের দরজা ভিতর থেকে আটকানো রয়েছে কেন?"

বিষয়টি মনের মধ্যে আসা মাত্রই ভয়ে দরদর করে ঘামতে শুরু করলেন তিনি। ঠিক সেই সময়েই নন্দিনীও বাড়িতে এসে উপস্থিত হয়েছিলেন। দরজা খোলা দেখে তিনিও দোতলায় উঠে গিয়ে দেখলেন কাজরি মাসি দাঁড়িয়ে স্নিগ্ধার ঘরের দরজায় ধাক্কাচ্ছেন।

"কি হয়েছে গো মাসি ?"

"দেখনা মা ঘরের ভিতরেই রয়েছেন , অথচ আমার এতবার ডাকার পরেও দরজাটা কিছুতেই খুলছে না।"

কাজরি মাসির কথাগুলি শুনেই গতরাতে ফোনের মধ্যে বলা স্নিগ্ধার কথাগুলি মনে পড়ে যেতে লাগল নন্দিনীর । তিনি আর দেরী না করে মাসিকে সঙ্গে নিয়ে বারেবারে দরজাটি ধাক্কাতে শুরু করলেন । এরপরেও কোন সাড়াশব্দ না পেয়ে দরজাটিকে পা দিয়ে সজোরে লাথি মারতেই সেটি ভিতর থেকে খুলে গেলো । তারা হনহন করে ঘরের মধ্যে ঢুকে এলেন । অন্ধকারের মধ্যেই কিছুই নজরে পড়ছিল না । ঘরের আলোটি জ্বালানোর সাথে সাথেই স্নিগ্ধার ঝুলন্ত দেহটি তাঁদের নজরে পড়ল । সেটি দেখামাত্রই ঠকঠক করে কাঁপতে লাগলেন তারা দুজনেই ।

নন্দিনী বললেন ,

"একি সর্বনাশ হোল কাজরি মাসি ? স্নিগ্ধা আমাকে বারেবারে গতকাল মারা যাওয়ার কথাগুলি বলছিল , আমি কিছুতেই ওর বলা কথাগুলিকে বিশ্বাস করতে চাইনি । ও যে সত্যিই আমাদের ছেড়ে এভাবে চলে যাবে সেটা আমি ভাবতেও পারিনি । কখন করলি তুই এসব ? স্নিগ্ধা , স্নিগ্ধা , ওঠ , আমাদের দিকে দেখ । কোন কথা বলছিস না কেন ? মাসি এবার আমি কি করব মাসি ? আমি কেন কালকে ওর কথাগুলো বিশ্বাস করিনি ? হায় হায় । স্নিগ্ধা ।"

বারেবারে স্নিগ্ধার নাম নিয়ে ওর পা দুটোকে জড়িয়ে ধরে সজোরে কাঁদতে থাকলেন নন্দিনী । কাজরি মাসি কোনরকমে নিজেকে সামলে নিয়ে বললেন ,

"ওর মা , বাবাকে তো বিষয়টা জানাতেই হবে।"

"এই মুহূর্তে কিভাবে জানাবো আমি ? আগে ওকে নামিয়ে আনো । তারপরে হাসপাতালে নিয়ে যেতে হবে । এই সবকিছু ঐ ছোটলোকটার জন্য হয়েছে । ঋষিকে পুলিশে দেওয়া উচিৎ । কিন্তু এখন পুলিশের কাছে গেলে তো ওনারা আমাদেরকেই সন্দেহ করবেন । তাই আগে স্নিগ্ধাকে হাসপাতালে নিয়ে যাওয়া উচিৎ । হয়ত শেষ চেষ্টায় রক্ষা পেতে পারে সে ।"

ওরা দুজনে ধরে ধরে স্নিগ্ধার শরীরটিকে নীচে নামালেন । সেদিন বাইরে মুশল ধারে বৃষ্টি শুরু হওয়ায় একটাও গাড়ি খুঁজে পাওয়া গেলো । কোনরকমে একটা ভ্যান পেতেই ওরা দুজনে মিলে স্নিগ্ধাকে সেই ভ্যানে তুলে হাসপাতালের উদ্দেশ্যে এগিয়ে যেতে লাগলেন ।

হাসপাতালে পৌঁছেই ডাক্তারের কাছে নিয়ে গেলেন স্নিগ্ধাকে । ডাক্তার এমারজেন্সিতে ভর্তি করার সাথে সাথেই স্নিগ্ধাকে ডেড বলে দিলেন । কথাটি শোনার সাথে সাথেই নন্দিনী সহ কাজরি মাসির পায়ের তলা থেকে জমি সরে গেলো । নন্দিনী সমীরকে ফোন করে বললেন ,

"তুই শিগগির একবার সিটি হসপিটালে আয় সমীর ?"

"কেন , কি হয়েছে ?"

"সর্বনাশ হয়ে গেছে । স্নিগ্ধা আর নেই । ও সুইসাইড করেছে । আর একটা নোট লিখে রেখে গেছে । সেখানে ও আমাদের কাউকেই দোষ দেয়নি । ও চলে গেছে সত্যি সত্যিই । কি হবে এবার সমীর ? ওর মা , বাবাকেও তো কিছুই জানানো হয়নি । আর ঐ ছেলেটাকে ছাড়িস না একদম । ঋষিকে খবরটা এখুনি দে । ওকে জানা ও কতবড় পাপী ? ওর জন্য একটা নিরীহ মেয়ের জীবন চলে গেলো ।"

কথাগুলি বলতে বলতেই ফোনের মধ্যে অঝোরে কাঁদতে লাগলেন নন্দিনী । কথাগুলি শোনার পরে সমীরও বিশ্বাস করতে পারছিলেন না । তিনি সাথে সাথে ঋষি কে ফোন করলেন । ঋষি তখন

অপর একটি মেয়ের সাথে প্রেমালাপে ব্যস্ত ছিলেন। সমীরের ফোন দেখেই ফোনটা ধরলেন তিনি।

"হ্যালো, সমীর তুই এতো রাতে? কি হয়েছে বল?"

"কি হয়েছে? আর কি কি হওয়া বাকি আছে সেটা বল ঋষি? তুই যা করেছিস ঈশ্বর তোকে কোনদিনও ক্ষমা করবেন না।"

"কেন কি হয়েছে?"

"স্নিগ্ধার আর নেই ঋষি। ও সুইসাইড করেছে। ডাক্তার জবাব দিয়ে দিয়েছেন। সে আর নেই।"

সমীরের কথাটি শুনেই ঋষির হাত থেকে ফোনটা মাটিতে পড়ে ভেঙে গেছিল সেদিন। ঝড় বৃষ্টির রাতেই নন্দিনী স্নিগ্ধার মাকে ফোন করেছিলেন। ওনারা এই সংবাদ পাওয়ার পরেও মৃত মেয়েকে দেখতে এলেন না। তাঁদের কাছে স্নিগ্ধা বহুকাল পূর্বেই মারা গেছিলেন। স্নিগ্ধার দেহটি ঐভাবেই হসপিটালের মর্গে পড়ে রইল। সঠিকভাবে সৎকারেরও সুযোগ পাওয়া গেলনা। এভাবেই কেটে গেলো আরও কয়েকটা দিন। পরিস্থিতি স্বাভাবিক হয়ে গেলেও নন্দিনী আর সমীরের পক্ষে তাঁকে ভোলানো সম্ভব ছিলনা। কাজরি মাসিও দুঃখে নন্দিনীর বাড়ির কাজটা ছেড়ে দিয়েছিলেন।

একদিন রাতে নন্দিনী বাড়িতে একাই শুয়ে ছিলেন। হঠাৎ লোডসেডিঙ হয়ে গেলো। ঘুটঘুটে অন্ধকারের মধ্যে মোমবাতি খুঁজতে বেরলেন তিনি। দরজার কাছে আসতেই পিছনে অন্ধকারের মধ্যে থেকে কেউ যেন তার নাম ধরে ডেকে উঠল।

"নন্দিনী? এইইইই নন্দিনী? কোথায় যাচ্ছিস আমাকে ফেলে?"

নন্দিনীর কণ্ঠস্বর ক্রমে কেঁপে উঠল।

"কে? কে ওখানে? কে ডাকছে আমাকে?"

"আমিইই ......নিগ্ধা রে। আমাকে এতো তাড়াতাড়িই ভুলে গেলি? হাহাহাহাহাহা। আমি তোর কোন ক্ষতি করবোনা। কিন্তু ঋষিকে যে আমি ছাড়বনা। ওকে তো সঙ্গে নিয়ে যেতেই হবে রে!"

ভয়েতে ঠকঠক করে কাঁপতে থাকলেন নন্দিনী। ঘরের মধ্যে হাতড়াতে হাতড়াতে মোমবাতি খুঁজে পেতেই সেটি জ্বালালেন। কিন্তু সামনে কাউকেই নজরে পড়ল না। সেদিন রাতে আর দু চোখের পাতা এক করতে পারলেন না তিনি। পরেরদিন সকাল হতেই কলেজে পৌঁছে সমীরকে গোটা ব্যাপারটা জানালেন। এরপরে বললেন,

"ঋষির খুব বিপদ সমীর। ওকে এই ব্যাপারে আমাদেরকে জানাতেই হবে। আমি কাল এতটাও ভুল শুনিনি। ও ফিরে এসেছে সমীর, ও ফিরে এসেছে। ও আমাদের যা যা বলেছিল তোর কি সেসব কথা মনে আছে?"

"হ্যা, ও আমাদেরকে তোর বাড়ির দাওয়ায় উনিশটা মোমবাতি জ্বালাতে বলেছিল। তুই কি সেটা করেছিলিস।"

"আমি সব কিছু করেছি সমীর? তারপরেও ও ফিরে এসেছে। আমার প্রচণ্ড ভয় করছে সমীর। আমি বাবাকেও ফোন করেছিলাম কিন্তু তিনি এইমুহূর্তে বিদেশ থেকে আসতে পারবেন না। আমি ঐ বাড়িতে আর একা থাকতে পারছিনা সমীর!"

"দেখি আমাদেরকে ওর আত্মার শান্তির জন্য একটা শান্তি পূজার বন্দোবস্ত করতে হবে।"

সমীর কথাটি শেষ করা মাত্রই ওনার ফোনটি বেজে উঠল। ফোন বাজার সাথে সাথেই ফোনটি তুলে হ্যালো বললেন তিনি। অপার থেকে ঋষির ভয়ার্ত কন্ঠস্বর ভেসে এলো।

"আমাকে বাঁচা সমীর। প্লিজ আমাকে বাঁচা।"

সমীর ঋষির এমন কন্ঠস্বর শুনে প্রচণ্ড ঘাবড়ে গেলেন।

"কেন? কি হয়েছে তোর?"

"আমি স্নিগ্ধাকে দেখতে পাচ্ছি। ও সবসময় আমার আশেপাশে ঘুরে বেড়াচ্ছে। কালকে রাতেও আমি ওকে আমার ঘরের বারান্দা দিয়ে হাঁটতে দেখেছিলাম। আমি সামনে যেতেই আমার দিকে বীভৎস মুখ করে তাকিয়ে ছিল সে। আর বারবার একই কথা বলে চলেছিল, আমি তোমাকে আমার সঙ্গে করেই নিয়ে যাবো ঋষি। তোমাকে কেউ বাঁচাতে পারবেনা। এরপরে আমার ঘরের মধ্যে ঢুকে এলো একটা ধোঁয়া। আমাকে বেষ্টন করে বিকট হাসি হাসতে হাসতে প্রদক্ষিণ করতে লাগল। আমি জোরে জোরে চিৎকার করতে লাগলাম। কেউ যেন আমার গলা টিপে ধরতে চাইছিল। আমি কাউকেই নিজের চোখের সামনে দেখতে পাচ্ছিলাম না। আমাকে ও মেরে ফেলবে সমীর। প্লিজ আমাকে বাঁচা তোরা।"

সমীর কথাগুলি শুনেই জিজ্ঞাসা করল,

"কোথায় রয়েছিস তুই?"

"আমি বাড়িতে রয়েছি। হোস্টেলে আর এখন থাকছিনা। একটা বাড়ি ভাড়া নিয়েছি কিছুদিন হল। এখন আমি সেখানেই রয়েছি। তোরা প্লিজ আমাকে বাঁচা, তোদের দুটি পায়ে পড়ি আমি।"

সেদিন ছিল অমাবস্যা। সমীরের কাছ থেকে বাড়ির ঠিকানাটি যেনে নিয়ে ওরা দুজনেই ওর বাড়ির উদ্দেশ্যে রওনা হয়ে গেলো। পৌঁছতে পৌঁছতে সন্ধ্যে হয়ে গেছিল। বাড়ির সামনে গিয়ে উপস্থিত হয়ে দরজায় হাত দিতেই দরজাটি সামান্য শব্দ করে খুলে গেলো। বাড়ির একতলার দিকটায় কেউ ছিলেন না। নিস্তব্ধ সেই বাসভিটেতে কারুরই পায়ের শব্দ শুনতে পাওয়া যাচ্ছিল না। ওরা দুজনেই ধীরে ধীরে সমীরের নাম ধরে ডাকতে শুরু করেছিলেন। অনেকবার ওর নাম ধরে ডাকাডাকি করবার পরেও কোন সারা শব্দ শুনতে পেলেন না তারা। এরপরে হঠাৎ মনে হল দোতলার ঘর থেকে বিকট আওয়াজ করে কেউ যেন চিৎকার করে উঠলেন। ওরা চিৎকারের শব্দ শুনে দুজনেই প্রচণ্ড ভয় পেয়ে গেলেন। এরপরে টর্চ জ্বালিয়ে গুটিগুটি পায়ে সেদিকে এগোতে শুরু করলেন।

উপরে উঠতেই ডানদিকে নজরে পড়ল একটি ঘর। সেখান থেকেই চিৎকারের শব্দটি ভেসে আসছিল। ঘরে ঢোকা মাত্রই তাঁদের নজরে পড়ল একটি দেহ। সেই দেহটির দিকে তাকাতেই আতঙ্কে চিৎকার করে উঠলেন দুজনে। ঋষির দেহটিকে কেউ সিলিং এর সাথে ঝুলিয়ে রেখেছে। তার পায়ের নীচে রাখা রয়েছে একটি জল চৌকি। কেউ যেন অনবরত সেই চৌকিটিকে নিজের সর্বশক্তি দিয়ে নাড়ানোর চেষ্টা করছে। তার সাথে গোটা ঘরে ভেসে বেড়াচ্ছে তার অট্টহাসির শব্দ।

"আমাকে তোরা বাঁচা সমীর। নন্দিনী দেখনা আমার পায়ের নীচে ঐ জল চৌকিটাকে বারেবারে কেউ নিজের সর্বশক্তি প্রয়োগ করে সরিয়ে দেওয়ার চেষ্টা করছে। ওটা সরালেই আমি মরে যাবো নন্দিনী।"

ঋষির কথা শেষ হতেই কেউ অট্টহাসির শব্দের সাথে সাথেই ঘরের মধ্যে এক ভয়ঙ্কর কন্ঠস্বর ধ্বনিত হতে লাগল।

"কেন ঋষি ? এখন কি খুব ভয় করছে নাকি ? হাহাহাহাহ ...সেদিন আমাকেই ঠিক একইভাবে এই পৃথিবী থেকে চলে যেতে হয়েছিল। আমি নিজেকে নিজে শেষ করতে বাধ্য হয়েছিলাম শুধুমাত্র তোর জন্য। তোকে সেদিন শেষবারের মত ফোন করেছিলাম আমি কিন্তু তুই সেদিন আমার কোন কথার জবাব দিসনি। পাল্টা আমাকেই আক্রমণ করে যাচ্ছিলিস। আমার শরীরটাকে ভোগ করবার সময় একবারের জন্যেও আগামীর কথা তোর মনে ছিলনা। তুই চিরকাল আমাকে একটা বস্তু ভেবে এসেছিস। আমাকে দিনের পর দিন তোকে ভালোবেসে সেই শাস্তি ভোগ করে যেতে হয়েছে। আমার মাকে বাবাকে আমাদের ছবিগুলো পাঠাতে বারণ করা সত্ত্বেও তুই আমার কথা রাখিসনি। আমাকে একটু ভরসা করতে পারিসনি। ওদের চোখে চিরকালের জন্য আমাকে ছোট করে কি পেয়েছিলিস তুই ? আমি রাগে, দুঃখে, অভিমানে কাতরাতে কাতরাতে সেদিন এভাবেই নিজেকে শেষ করে ফেলতে বাধ্য হয়েছিলাম। কেউ আমার কথা রাখেনি। কেউ না। আমার কষ্টটা কি কষ্ট ছিলনা ?"

সমীর হাতজোড় করে স্নিগ্ধার আত্মাকে উদ্দেশ্য করে প্রার্থনা করতে লাগলেন,

"ওকে ছেড়ে দে স্নিগ্ধা। ও তো নিজের ভুল স্বীকার করে নিয়েছে বল ? জীবন মৃত্যুর খেলা তো ঈশ্বর নিজেই ঠিক করেন। ওর ভুল তো মেনে নিয়েছে। এখন তো চাইলেও ও তোকে আবার জীবন দিতে পারবেনা। তা বলে কি তুই এভাবেই একটা মানুষকে মেরে ফেলবি ? স্নিগ্ধা আমার কথা শোন।"

আবার সেই আত্মার অট্টহাসি ধ্বনিত হতে লাগল গোটা ঘরে।

"না কিছুতেই না। তোরা আমার পথের বাঁধা হতে আসিস না। তাহলে ইচ্ছে না থাকলেও আমার তোদেরকেও আজকে শেষ করে ফেলতে হবেই। আমার আর ঋষির মাঝখানে কেউ আসবিনা তোরা। কেউ না।হাহাহাহাহাহাহা। ওকে আমার সাথে না নিয়ে গেলে যে আমার আত্মা শান্তি পাবেনা।"

সেই অট্টহাসির শব্দটি ঘরের মধ্যে স্থানান্তরিত হতে শুরু করল। একদিক থেকে অন্যদিকে বিক্ষিপ্তভাবে ছড়িয়ে পড়তে থাকল সেটি। আর তার সাথে সাথেই কেউ সজোরে জল চৌকিটিকে আঘাত করল। সম্বল হারিয়ে যাওয়ায় ঋষির গলায় ফাঁসটা যেন আরও তীব্রভাবে চেপে বসেছিল। পা দুটো ছটফট করতে থাকল তার। গোটা শরীরটা যন্ত্রণায় কাঁপতে থাকল। চোখের সামনে সেই ভয়ঙ্কর দৃশ্যটি দেখে চিৎকার করে উঠলেন দুজনেই। সমীর ও নন্দিনীর চোখের সামনে ছটফট করতে করতে শেষ হয়ে গেলেন ঋষি। তারপরেই গোটা পরিবেশটা শান্ত হয়ে গেছিল।

এই অপমৃত্যুর সাক্ষী ছিলেন নন্দিনী ও সমীর দুজনেই। কিন্তু তারা কেউই পুলিশকে এর আসল কারণটি খুলে বলতে চাইলেন না। তাঁদের কাছে স্নিগ্ধার সত্যিটা চাপা পড়েই থেকে গেছিল। আত্মা বলে যে সত্যি সত্যিই কিছুর অস্তিত্ব রয়েছে এবং নিজের ফেলে যাওয়া পছন্দের জিনিসকে ফিরিয়ে নিয়ে যেতে যে তারা ফিরে আসেন, সেদিনের ঐ ঘটনাটিই ওদের চোখের সামনে জলন্ত উদাহরণ হিসাবে থেকে গেছিল। এই ছিল এক ভয়ঙ্কর অপমৃত্যুর ইতিহাস। যা সময়ের ভাঁজে হারিয়ে গিয়েও নিজের অস্তিত্বকে চিরতরে ঐ ডায়েরির পাতার ভিতরে প্রতীয়মান করে রেখে যেতে সক্ষম হয়েছিল।

সমাপ্ত

বইটি সম্পর্কে কিছু কথা

আমি সবসময়েই ভৌতিক গল্প লিখতে ভালোবাসি। আমার এই গল্পগুলিকে সিনেমার পর্দায় দেখতে পেলে আরও খুশি হবো। বইটি আপনারা ওটি অবশ্যই কিনবেন ও আপনাদের মূল্যবান মতামত জানাবেন।

www.ingramcontent.com/pod-product-compliance
Lightning Source LLC
LaVergne TN
LVHW060304051026
849517LV00003B/965

* 9 7 9 8 8 8 9 8 6 6 7 1 8 *